N & K

Beate Rothmaier

Caspar

Roman

Nagel & Kimche

Für David

1 2 3 4 5   09 08 07 06 05

© 2005 Nagel & Kimche
im Carl Hanser Verlag München Wien
Herstellung: Meike Harms und Hanne Koblischka
Satz: Filmsatz Schröter GmbH
Druck und Bindung: Friedrich Pustet
Printed in Germany
ISBN 3-312-00367-9

1

Sie gingen langsam, alle drei, setzten einen Fuß vor den andern, den vierten Tag ohne Pause. Schweigen. Sommerhitze. Caspar wusste nicht, warum keiner was sagte. Er hatte einen Stecken gefunden, schwang ihn als Wanderstab, schlug die Farnwedel am Wegrand. Grüne Blattfetzen flogen durch die Luft. Er blieb stehen und haute die Wedel um, als wären sie Soldaten auf dem Schlachtfeld. Sie fielen hin und regten sich nicht mehr. Die Mutter rief nach ihm, doch er warf sich in die Lücke, die er ins Grün gehauen hatte, und spähte zwischen den Stengeln hindurch. Der Sauer ging einfach weiter. Hoch trug er den Kopf und warf die fatzengeraden Beine nach vorn. Seine blonden Locken unter dem Dreispitz wippten in der Mittagssonne, die Strumpfsocken waren ordentlich unter den Bünden der Hosenbeine festgezurrt und sahen aus der Entfernung fast weiß aus. Jetzt blieb der Stiefvater stehen, doch er blickte nicht zurück. Er stand still, atmete tief und sah die Straße hinab. Er schaute in die Richtung, in die er schnell gehen wollte. Er schaute und rührte sich nicht. Nur sein Rücken bewegte sich. Paula stand zwischen ihnen beiden und sah von einem zum andern. Caspar hielt den Atem an. Dann kam seine Mutter zu ihm und ließ sich neben ihn fallen. Der Junge atmete aus. Paula seufzte und warf die Arme über den Kopf. Dunkle Flecken hatten sich unter ihren Achseln ausgebreitet. Sie roch nach Herbstregen und Pilzen, obwohl jetzt Sommer war und die Sonne brannte. Sie waren auf der Reise, und Caspar wusste nicht, wohin noch warum.

«Ah.» Schnell hob und senkte sich ihre Brust, während sie die Schuhe von sich warf, die Röcke über die Knie zog, sich damit Luft zufächelte und die Augen schloss. Eine schwarze Strähne klebte an ihrer Wange, ein Lächeln huschte vom Mundwinkel zu den Wimpern, sie schürzte die Lippen. Aus der Tiefe ihrer Röcke zauberte sie einen Frühapfel hervor, biss hinein, dass der Saft spritzte, biss ein Stück heraus und gab es Caspar. Sie kauten.

«Frau, steh auf, wir müssen weiter.» Paula lächelte breiter und spuckte ein Stück vom Kernhaus ins Gras. «Frau!» Der Sauer rief zum zweiten Mal. Keinen Schritt würde er zurückgehen. Paula setzte sich auf. Ihre schwarzen Augen blitzten. «Wir müssen uns ein wenig ausruhen.» Sie sprach zwischen den Apfelstücken hindurch, kaute weiter, ließ sich wieder nach hinten fallen. Der Sauer drehte sich nicht um. Er blickte die Straße hinab, die er gehen wollte, die er schnell gehen wollte, an deren Ende Anspach liegt. Anspach, seine Heimatstadt. Anspach, wo man auf ihn wartet. Doch sein Weib will im Straßengraben liegen, will ausruhen, will mit langen Zähnen in einen Apfel beißen, wird am Ende dem Jungen das Ziel ihrer Reise verraten. Anspach. Sauer ging noch zwei Schritte, setzte sich an den Straßenrand, die Füße Richtung Heimat, den runden Rücken Richtung Frau und Kind.

Caspar legte den Kopf auf den Bauch seiner Mutter und hörte, wie die Apfelstücke hineinfielen. Ein Rumpeln, Gurgeln, Rauschen. Leise Hilferufe gelangten an sein Ohr. Er grub das Gesicht in ihren Schoß, biss in ihren Bauch, musste den armen Apfel retten, der ins Fegefeuer gefallen war und dort verbrannte. Paula steckte zehn Finger in Caspars struppiges Haar und rüttelte ihn wie einen jungen Hund. Dann ließ sie ihre Finger seinen Rücken hinunterkrabbeln, bis er den Kopf in den Nacken warf, den Mund weit öffnete, die auseinander stehenden Milchzähne zeigte und kreischend lachte. Und lachte.

«Jetzt reichts!» Der Sauer erhob sich, senkte das Kinn, schritt eilig zu den beiden, zählte laut die Schritte, die er auf dem einmal gemachten Weg zurückgehen musste. Wegen ihr. Wegen ihrem Kind. Diesem Balg. Er packte den Jungen am Arm und riss ihn in die Höhe. Die Beine des Kindes knickten weg, schlaff wie eine Puppe hing er am Arm des Stiefvaters, versuchte die Knie durchzudrücken, fand ein wenig Stand auf den Zehen, sah die Hand nicht herabfallen, denn sie kam schnell, spürte nur das Knallen im Ohr, den Feuerwall im Gesicht. Großer Lärm: Knallen, Rauschen, Schreien, Knallen, Rauschen, Schreien. Caspar hörte die Stimme seiner Mutter nicht. Sie blieb still, wie so oft, seit es den Sauer gab in ihrer beider Leben. Sie hob ihre Hände vors Gesicht, ließ sie wieder fallen. Als Caspars Nase blutete, ließ der Stiefvater ihn los. Der Junge wischte sich mit dem Ärmel die Nase ab. Er solle auf sein Hemd Acht geben, murmelte die Mutter. Caspar sah sich um. Wo war der Stecken? Er schielte zu der Grasmulde, in der sie zu zweit gelegen waren, schielte zum Sauer, der weiterschritt, wutentbrannt, und ihn nicht beachtete, huschte schnell zurück, suchte und fand ihn. Die Mutter ging langsam hinter dem Sauer her. Strähnenweise hing ihr das Haar ins Gesicht. Caspar leckte Blut von den Lippen, versuchte einen Schritt, es ging. Er schwang den Stecken als Wanderstab.

2

Wie lange saß er schon da? Keiner konnte es sagen. Die Alte kramte bereits zum dritten Mal unter ihrer Schürze nach dem Schlüssel und stieg in den Keller, um Schnapsflaschen zu holen. Die Männer am runden Tisch schrien lauter, während sie ihre Karten auf das Holz droschen. Kurz nachdem Caspars Mutter und der Sauer weggegangen waren, hatte die alte Frau zum ersten Mal zu ihm herübergesehen. Sie war klein, hutzlig, dunkel. Die aufgerollten Ärmel ihrer Bluse entblößten sehnige Arme, das wellige Haar ballte sich in ihrem Nacken zu einem dunkelgrauen Knoten. Die Männer riefen sie Resi. Caspar, der zusammengesunken auf seiner Bank saß, fand sie uralt und sehr hässlich. Er wischte mit den Handflächen über die struppigen Haare, befühlte mit dem Finger sein Gesicht, kratzte am vertrockneten Blut, dass der Schorf in schwarzen Flocken auf den Tisch rieselte, faltete die Hände, schielte nach ihr, wie sie die Kellertreppe heraufkam, da schaute sie wieder zu ihm herüber, verschwand dann hinter einer Tür, kam mit einem dampfenden Schälchen wieder, trat zu ihm an den Tisch und setzte es vor ihm ab. Gebrannte Grießsuppe. Er löffelte andächtig, achtete darauf, dass er sich nicht aufrichtete, schielte wieder nach der Alten, schob hastig seinen Ärmel mit den blutwurstbraunen Flecken nach oben, löffelte weiter. Jetzt beugte sie sich über den Tisch, zog ein wenig an der Schnur um seinen Hals und brachte den Zettel zum Vorschein, der daran befestigt war und den er bis jetzt unter dem Tisch versteckt gehalten hatte. Sie las und ließ ein kleines Schnauben hören. Dann steckte sie den Zettel zurück und wandte sich wieder ihren Geschäften zu. Das Kind schlürfte und schluckte. Es konnte noch nicht lesen.

Ein heißer Sommertag war vorüber, und in der Schankstube des Wirtshauses zum Schwan in Exenheim stand der Dunst von Bier, Schnaps, schwitzenden Männern. Durch die weit geöffnete Tür war das Klappern eines späten Fuhrwerks zu hören, über den Häusern lag eine Mondsichel in der Nacht, und von weit her drang ein kühler Hauch von feuchtem Öhmd in seine Nase. Caspar musste mal. Er musste schon so lang, dass er fürchtete, alles würde auf den Boden laufen, stünde er auf. Stille auf einmal, Grillenzirpen, dann Gerede und Gelächter, gedämpfter als vorher. Der Pfarrer war eingetreten. Er trug einen langen Rock und einen weißen Kragen. Mit undurchdringlichem Gesicht stand er an der Tür, ging dann zu dem alten Weib, redete mit ihr, trat nun auf den Jungen zu, zog ihn an dem Zettel ein wenig in die Höhe und las mit lauter Stimme: «*Vom Bortzlanmacher Schwartz, Wellische Schweiz.*»

Caspar fühlte ein Rinnsal sich warm einen Weg suchen, den Oberschenkel entlang, das Knie hinab, über seine nackten Füße auf den Boden. Er senkte den Kopf, blickte auf den Tisch, an dem er so viele Stunden gesessen hatte. Vielleicht würde der Pfarrer ihn ja mitnehmen. Fort aus diesem Lärm. «Ich warte auf meine Mutter», murmelte er in Richtung seiner schwarzen Hände. Wer er sei und warum er nicht lauter rede, herrschte der andere ihn an. Der Junge sah auf. Er sah wieder durch die offene Tür. Seine Waden brannten, seine Sohlen kitzelten, seine Zehen juckten. Er wollte hinaus in die feuchtwarme Sommernacht, die Straße hinab, hinaus aus der Stadt, über nasse Wiesen, durch den Wald weiter, immer weiter. Weg. Zurück nach Hause.

«Wisst Ihr, wo meine Mutter ist?», flüsterte er nun mitten hinein in dieses holzgeschnitzte Gesicht.

«Wer bist du?», fragte es ihn ein zweites Mal.

«Der Kaschper.»

«Und woher kommst du?» Der Pfarrer wurde ungeduldig.

«Aus Ludwigsburg.» Er sah auf das grobe Tischblatt, an dessen Kante jemand herumgeschnitzt hatte, und dachte, dass Fortlaufen das Beste sei, doch sicher war er sich nicht. Der Pfarrer zerrte ihn von der Bank. Jetzt sehen es alle. Alle sehen meine nassen Hosen. Caspar wünschte, er hätte sein Messer bei sich. Doch das hatte der Sauer ihm abgenommen, am Tag, als der die Mama geheiratet hatte.

«Ich bin schon groß», sagte er zu der hageren Gestalt und sah ihr ohne zu blinzeln in die Erbsenaugen.

«Was soll mit ihm passieren, Herr Pfarrer?» Die Alte konnte sich nicht länger gedulden. Der Pfarrer zog sie in eine Ecke, wo er leise auf sie einredete. Sein Zeigefinger wackelte hin und her, dann stach er auf die flache Brust der alten Frau. Die Hose klebte an Caspars Beinen. Er fröstelte und sah wieder zur Tür. Keiner würde es bemerken, wenn er jetzt verschwand. Er behielt die beiden im Auge und schob sich langsam in Richtung Freiheit.

«Resi, halt dei Gosch und bring Most», rief da einer vom runden Tisch. Caspar stockte. Stille trat ein, und jetzt verstanden alle die letzten Worte des Pfarrers.

«Du behältst ihn da, und ich geh zum Amtmann.» Sie nickte, nahm den Jungen bei der Hand und spuckte in ihren Schürzenzipfel, um ihm den Staub aus dem Gesicht zu wischen. Im letzten Augenblick drehte Caspar den Kopf zur Seite. Resi führte ihn in die Küche, ging hinaus, kam mit einem Arm voll Stroh wieder, ging noch einmal und brachte eine Wolldecke mit. Caspar warf die Decke auf den Strohhaufen, rollte sich hinein, zog sich einen Zipfel über den Kopf und schlief augenblicklich ein. Er sah die alte

Resi nicht mehr, wie sie innehielt, ihn eine Weile betrachtete, dann das Licht nahm und den Raum verließ.

3

«Wie soll das gehen? Noch einer mehr, der isst und nichts schafft? Bin ich ein Asyl? Der Balg muss weg!» Eine bellende Stimme weckte ihn. Die Sonne fiel in grellen Streifen auf den Fußboden. Staub tanzte darin. Glasige Luft stieg ihm in die Nase. Caspar rieb sich die verklebten Augen. Durchs offene Fenster schaute der blaue Himmel, in der Schankstube wurden Stühle gerückt.

«Aber der Herr Pfarrer hat …» Weiter kam die alte Resi nicht, denn die andere schrillte dagegen. Sie, Resi, wisse doch, wie das sei mit drei Kindern, sie hätten doch selbst fast nichts, noch einen Esser könne sie nicht versorgen. Sie, Resi, wisse doch, wie sie alle dran seien, seit den Anton, Gott hab ihn selig, der Schlag getroffen habe. Die Stimme brach und verstummte.

Caspar sprang auf und rannte hinaus. Neben Resi stand im Hinterhof der Wirtschaft eine dicke Frau. Das Haar klebte ihr dicht am Kopf und knäuelte sich als dünne Flechte in ihrem Nacken. Sie hatte ein bleiches Gesicht und wischte sich in gleichmäßigen Bewegungen die Hände an der Schürze ab. Caspar starrte gebannt hin. Handfläche, Handrücken, Handfläche, Handrücken. Als ob sie einen zähen Teig nicht loswerden könne. Dabei schimpfte sie, scheinbar ohne Luft zu holen, weiter. Als sie ihn bemerkte, machte sie eine Bewegung auf ihn zu. Er wich zurück und sah ihr starr in die Mausaugen. Sie ließ ihn nicht aus dem Blick. Etwas Spitzes bohrte sich in seine Fußsohle, er biss die Zähne zusammen, ging rückwärts bis zum Hoftor, machte kehrt und lief davon. Auf die Straße, aus der Stadt. Er rannte, galoppierte, flog. Über eine Wiese, über mattes Gras, den säuerlichen Duft. Hinter ihm wirbelten die halb trockenen Halme. Er spürte den Schmerz in der Fußsohle nicht mehr, er spürte nur noch, wie seine Beine ihn trugen, auf und davon. Aus seinem Mund kam stoßweise der schlafwarme Atem. Er rannte, und als er sicher war, dass ihm keiner folgte, warf er die Arme in die Luft und jauchzte. Er kletterte über einen Zaun, rannte einen Rain hinunter, spritzte durch einen Bach, rannte dem Waldrand entgegen. Er sprang, hüpfte, stolperte, fiel. Hier lag er in einem Zweighaufen, sein Atem raste ein und aus, durch die Nadeln leuchtete ein Stück Himmel. Blau, gleichmütig, unbewegt. Er hielt die Luft an, hörte nur Stille, atmete keuchend weiter.

Lange lag er da, sah den Wolken zu, wusste nicht mehr weiter, wünschte sich fort aus dieser Welt, schlief ein, erwachte wieder. Als er die Augen öffnete, fiel kein Sonnenstrahl mehr in die Lichtung, und ihm war kalt. Über ihm rauschten die Wipfel. Sonst war alles still. Er kroch aus dem Haufen, klopfte sich die Kleider ab und schlich geduckt zur Straße zurück, die verlassen im Nachmittagslicht lag. Alle waren noch auf den Feldern, nur ein paar Kinder, kleiner als er, rannten herum. Er betrat die Landstraße und ging nun schnelleren Schritts dahin zurück, woher sie gestern gekommen waren. Wo die Sonne stand, war Westen, das wusste er. Doch in welcher Himmelsrichtung lag Ludwigsburg? Und war die Mama dort? Ihr Zuhause war leer geräumt worden. Ein Fuhrwerk war gekommen und hatte alle Sachen mitgenommen, auch das Bett. Wohin also? Er ging eine Weile und versuchte sich zu erinnern, ob er den Weg kannte, war sich nicht sicher. Als er an eine Brücke kam, wusste er, dass er hier nicht richtig

war. Ein trüber Fluss schlängelte sich unter der Brücke
hindurch und hinaus in die weit geschwungene Waldland-
schaft. Er glänzte wie der Rücken einer Blindschleiche.
Caspar setzte sich auf die Brücke, hängte die Arme übers
Geländer und spuckte ins Wasser.

4

«Soll ich dir mal was zeigen?» Eine klingelnde Stimme
hinter ihm. Wie Eisen, das gegen Eisen schlägt. Wie beim
Hufschmied in der Vorderen Gasse, beim Vater vom Frie-
der. Seinem Freund. Caspar spuckte noch einmal ins Wasser.

«Kann ich bei dir sitzen?» Schon hockte ein schmales
Wesen neben ihm und ließ die Füße über dem schlammigen Wasser schweben. Er versuchte, nicht hinzusehen,
doch es gelang ihm nicht. Das Mädchen spreizte die Zehen, wackelte mit ihnen, rollte die Füße zueinander und
gegeneinander, schlenkerte sie auf und ab. Dazu machte
es kleine Geräusche, die ihn an Küken erinnerten. Er lächelte.

«Komm. Komm mit. Ich zeig dir was.» Unschlüssig
sah er sie an. Irgendetwas stimmte mit ihren Augen nicht.
Sie hatten die Farbe von getrocknetem Harz und lagen tief
unter den Brauen. Er fand keine Zeit herauszufinden, was
es war, denn das Mädchen war schon aufgesprungen und
davongelaufen. Sie lief mit mit flatternden Armen voraus.
Sie eilte, hüpfte, schwebte. Caspar trottete hinter ihr her,
sah das Mädchen in Schlangenlinien dahinwehen, sich
umdrehen, mit schwirrenden Händen rückwärts laufen.
Der Luftzug drückte ihr die dunklen Locken in Stirn und
Wangen. Sie führte Caspar ein Stück den Fluss entlang,

und als sie an die Mündung eines Baches kamen, übersprang sie ihn und bog auf einen Feldweg ab.

«Wie lang geht's denn noch?» Caspar stapfte lustlos hinterher. Das Mädchen nahm seine Hand, zog und zerrte ihn mit sich, hüpfte wieder, seitlich jetzt, ließ ihn unvermittelt los.

«Fang mich, fang mich doch.» Sie lief davon, trieb vor ihm her, biegsam, leicht. Er begann zu rennen. Sie flatterte, wirbelte, sprang. Caspar erwischte sie nicht. Da verließ sie den Weg, rannte über einen Streifen Wiese und verlor sich im Wald. Immer wieder verschwand sie hinter den Büschen, immer wieder sah er einen weißen Zipfel ihres Kleides leuchten. Dann war sie weg. Caspar stand still und lauschte seinem Atem. Ein Gurgeln. Er hielt die Luft an und hörte nun Äste knacken, Vögel schreien, Blätter flüstern. Ein Brausen, Rascheln, Tuscheln um ihn her. Er wollte das Mädchen rufen, doch wusste er nicht einmal seinen Namen. Stattdessen setzte er sich auf den Waldboden, wischte sich mit den Handflächen über die Haare und blickte sich um. Der dicke Wald hatte sich zu einer Lichtung geöffnet, an deren Rand das Mädchen stand und ihn mit ihrem dünnen Zeigefinger zu sich winkte.

Sie schlichen ins Unterholz und krochen durch einen grün leuchtenden Gang taschentuchgroßer Farnblätter. Caspar bemerkte, dass der Waldboden hier zu einem schmalen Pfad ausgetreten war, der die Schritte des Mädchens vorwärts lenkte, einen sonnenbeschienenen Hang hinauf. Oben angelangt, blieb sie vor einem Haufen aufgeschichteter Buchenzweige stehen und begann, sie auseinander zu zerren. Vor ihnen öffnete sich der Schlund einer Höhle. Das Mädchen kroch voran. Geschickt wand sie sich einmal halb um ihre eigene Achse und schraubte sich so in das Innere. Wieder winkte sie, und er folgte ihr hinein. Vor ihnen öffnete sich die Höhle zu einem Raum von mehreren Schritten Länge, in dem sie beide bequem stehen konnten. Die Luft war klamm und roch nach Schimmel und kaltem Holzrauch. Caspar stand still und bewegte nur die Augen. Langsam gewöhnten sie sich an das Dunkel und sahen weiß gekalkte Wände, an denen Rupfensäcke und getrocknete Blumen in dicken Sträußen hingen. Laub bedeckte den Boden, und in einer Ecke waren eine Strohpuppe und eine schwere Holzkiste zu erkennen. Davor lagen Decken und ein Fell um eine erloschene Feuerstelle. Das Mädchen trat zu der Holzkiste, öffnete sie und versenkte Kopf und Oberkörper darin. Caspar hörte es rumpeln. Sie suchte etwas. Als sie sich wieder aufrichtete, hatten sich ihre Wangen gerötet und eine dunkle Locke war ihr ins Gesicht gefallen. In der Hand hielt sie einen Kranz vertrockneter Blumen, den sie Caspar hinhielt. Caspar sah zum Höhleneingang. Dort fiel Sonnenlicht auf den Boden. Der schwarze Wald, der unbekannte Weg dahinter, das Mädchen kam auf ihn zu, griff nach seiner Hand, hielt sie fest.

«Kannst du schweigen?» Caspar nickte und versuchte, ihr seine Hand zu entwinden. «Schwör, dass du kein Verräter bist, dann erfährst du ein Geheimnis.» Er wollte weg, zögerte, entriss ihr seine Hand und hob drei Finger zum Schwur. Sie sah ihn misstrauisch an. Da ging Caspar einfach weg, krabbelte durch die Öffnung, blinzelte in die Abendsonne. Hier draußen war Sommer. Ein unheimlicher Waldsommerabend zwar, doch immerhin Sonne, Vogelgeschrei, das dumpfe Klappern einer Mühle weit entfernt. Caspar wollte schnell weiter, doch das Mädchen, das ihm gefolgt war, hielt ihn fest.

«Warte, bleib hier.» Da konnte er nicht weg und hockte sich an den Rand des Abhangs. Sie setzte sich neben ihn ins Moos und blickte auf das Farnblätterdach unter ihnen. Caspar betrachtete sie verstohlen. Sie war älter als er. Eindeutig. Aus ihrer rechten Braue stieg eine feine Narbenlinie über die Stirn und verlief sich im Haaransatz. Was war mit ihren Augen? Von der Seite waren sie fast nicht zu sehen, denn sie wurden von kleinen Vorsprüngen beschattet, auf denen die Augenbrauen wuchsen. Caspar sah nur die schwarzen Augenhöhlen und die Wimpern, die sich ruckartig darin bewegten. Durch die Haut ihres knochigen Gesichts schimmerten fein die Adern. Er stellte sich vor, dass es sich hart anfühlen müsste, und da kam ihm sein Holzpferdchen in den Sinn. Bei der Abreise hatte er es eingesteckt, jetzt aber hatte er es nicht mehr. Vorsichtig hob er die Hand und ließ seine Fingerspitzen auf ihren Wangenknochen nieder. Was er fühlte, war flaumig und warm. Sie wandte ihm den Kopf zu. Schnell, als hätte er sich verbrannt, zog er die Hand zurück, sah wieder auf das Farndach hinunter und wartete ab. Nichts geschah. Nur das Licht wechselte.

Doch auf einmal begann das Mädchen zu sprechen. «Nie, niemals darfst du allein in diesen Wald kommen. Denn dann wird etwas Schreckliches passieren.» Ihre Stimme, ein heiseres Wispern, stand in der graublauen Luft, als sei sie der Erde entstiegen.

Caspar sah sie an und wartete. «Was wird passieren?», fragte er.

«Es kann sein, dass du sie findest, oder dass sie dich findet. Falls sie dich nicht schon gefunden hat und hinter einem Baum, unter einem Strauch oder in der Höhle auf dich wartet.»

Etwas geschah hier, das Caspar gar nicht gefiel. Er wollte weg, aber er konnte nicht. Das Mädchen sah in die sinkende Dämmerung und schwieg.

Dann war ihre Stimme wieder zu hören. Eintönig, heiser, rau. «Irgendwo in diesem Wald, niemand kennt die genaue Stelle, und wer sich einmal dahin verirrt hat, erinnert sich später nicht mehr daran, irgendwo hier also, ragt eine Hand aus der Erde.» Stille. Der schmächtige Mädchenkörper blieb reglos, während die Stimme nun wieder als gleichmäßiges Murmeln zu Caspar drang. «Es ist die Hand einer Leiche. Einer toten Frau. Die Hand einer unglückseligen Jungfer, die in ihrer Brautnacht ermordet und verscharrt wurde. Jedoch.» Stille.

Caspar stand auf und wollte gehen. Unschlüssig sah er auf das dunkelgrüne Dickicht am Fuß des Hangs und setzte sich wieder, als das Mädchen fortfuhr. «Sie war nicht ganz tot. Sie wachte auf, streckte ihre Hand aus der Erde und versuchte etwas zu greifen, an dem sie sich herausziehen könnte. Als die beiden Mörder, der Ehemann und sein Knecht, die Hand bemerkten und sahen, dass sie sich bewegte, packte sie das Grauen, und sie rannten davon. Seither befreit sich die schöne Tote jeden Abend bei Einbruch der Dunkelheit und schwebt im Wald umher. Sie jammert und irrlichtert, und wenn sie dir begegnet, nimmt sie dich mit in ihr Grab, um sich an dir zu erwärmen. Denn sie liebt das Leben und die jungen Menschen. Sie nimmt dein Leben, um weiterhin nachts durch den Wald schweben zu können.»

Caspar hörte ein Rascheln. Angestrengt sah er in die dunklen Flecken unter den Büschen und versuchte zu erkennen, was sich ihnen näherte.

«Wie heißt du?»

Das Mädchen hob den Blick, und er sah, dass sie sehr weit weg und sehr verwundert war. «Karolin.»

Sie schwiegen.

«Eines Nachts hat ein Bauer die Hand gefunden und der

Geisterfrau nicht geholfen, ihre Grube zu verlassen. Da hat sie ihn geholt, verführt und mit zu sich genommen. Sie hat sich an ihm gewärmt und ihm das Leben entzogen, bis er lebendig begraben sterben musste, wie es ihr einst widerfahren war.»

Caspar fröstelte. Das Mädchen aber sprang auf und trieb mit ausgebreiteten Armen den Hang hinab auf den Farnwald zu. «Warte! Warte auf mich!» Nur nicht allein bleiben jetzt. Auf keinen Fall allein sein. Schon war das weiß gekleidete Wesen im Schwarz und Grün verschwunden. Die Blätterdecke bewegte sich leise. Hinter sich hörte Caspar einen schluchzenden Laut. Kam der aus der Höhle? Hell durchfuhr ihn die Angst, und er rannte los, preschte den Hang hinab, fiel, rutschte unter die Farndecke. Hier war es fast Nacht. Schwarze Stricke umschlangen ihn, er schlug wild um sich, Tropfen sprangen ihm ins Gesicht, er kam wieder auf die Beine, lief schneller und schneller, und endlich tanzte das Glühwürmchen ihres Kleides wieder vor seinen Augen. Er rannte, sprang mit einem Satz dem Zipfel nach, packte ihn, dass der Stoff kreischend riss, warf das Mädchen um, setzte sich auf seine Brust. Sie zappelte unter ihm und bäumte sich auf, dass er herunterfiel. Als er aufstand, stieß sie ihn vor die Brust. Er taumelte. Sie trat zu ihm, maß ihn mit Blicken und sah sehr zufrieden aus. Dann nahm sie Caspars Hand und führte ihn aus dem Irrgarten zurück zur Landstraße.

5

Auf der Brücke trennten sie sich. Das Mädchen verschwand in der Dunkelheit. Caspar stand einen Augenblick unschlüssig da. Dann folgte er der Straße zurück in den Ort, den sie Exenheim nannten. Er wollte zurück ins Wirtshaus zum Schwan, denn mit einem Mal wusste er, dass seine Mutter und der Sauer zurückgekommen waren, um ihn abzuholen. Sie hatten in der Fabrique erledigt, was zu tun war, um Arbeit für seinen Stiefvater, den Porzellanfabrikanten Sauer, zu finden und erwarteten ihn sicher bereits. Das letzte Stück bis zum Wirtshaus rannte er. Endlich. Keuchend sah er durch eins der Fenster. Die alte Resi schlappte in die Küche. In der Wirtsstube saßen viele Leute und aßen. Am runden Tisch hockten dieselben Männer wie gestern Abend und spielten Karten. Sie hatten staubige Haare und graue Gesichter. Caspar sah das Pochbrett mit den Mulden und die Geldstücke, die sie hineinwarfen. Dann wurden die Karten verteilt, einige der Mulden wieder ausgeräumt, und das Spiel begann. Fäuste knallten auf den Tisch, dass die Karten herausflogen und auf das grobe Holz flatterten. Caspars Blick wanderte hastig über die Gesichter, Hinterköpfe, Rücken, Schultern. Dann noch einmal. Dann noch einmal. Dann schloss er die Augen und atmete tief durch. Weil er so aufgeregt war, hatte er sie übersehen. So musste es sein. Er ging ans nächste Fenster, denn er konnte eine Ecke des Raums nicht einsehen. Er ließ seine Augen wandern. Er prüfte jeden. Noch einmal und noch einmal. Da, schwarz und silberfädig, das waren die Haare seiner Mutter, er hörte jetzt auch ihr gurgelndes Lachen. Schon wollte er zur Tür und zu ihr in die Wirtsstube rennen, da packte ihn fest wie eine Astgabel eine Klammer im Nacken und drückte ihn an die Wand.

«Jetzt wollen wir dich erst einmal waschen», sagte eine knarrende Stimme hinter ihm. Er versuchte wegzuschlüpfen, schlug um sich, trat hinter sich, erwischte nur Luft und Leere. Die Alte bog ihm den Arm auf den Rücken und führte ihn weg. Mit einem letzten Blick durchs Fenster sah

Caspar die Frau am Tisch sich umdrehen, sah auch, dass sie nicht seine Mutter war, dann führte Resi ihn ums Haus und in die Küche, wo sie ihn auf einen Schemel setzte. Einen knotigen Zeigefinger auf seiner Brust, befahl sie ihm, sich nicht von der Stelle zu rühren. Er sah sie einen Waschbottich hervorzerren, einen großen Topf heißes Wasser hineinschütten und aus einem Eimer am Boden kaltes dazu. Sie rührte mit der Hand das Badewasser, prüfte die Temperatur und ließ ihn nicht aus den Augen. Er rutschte ein wenig hin und her, drehte den Kopf, sah sich alles genau an, und als er wieder zu ihr hinüberschielte, ruhten ihre grauen Augen immer noch auf seinem Gesicht und sahen durch ihn hindurch auf das, was hinter ihm lag. Er faltete die Hände, denn das machte sich immer gut.

«Zieh dich aus und gib mir deine Kleider.»

Mager und bloß stellte er sich vor der alten Frau auf. Sie betrachtete ihn mit einem Lächeln. Caspar sah an sich hinab und konnte nichts zum Lachen finden. Er sah auf einen runden weißen Bauch und gerade Beine mit narbigen Knien, unter denen ein schwarzer Ring das Ende der Hosenbeine bezeichnete. Dunkle Schlieren und Flecken bedeckten seine Beine und die breiten Füße mit den dicken Sohlen und blutverkrusteten Zehen. Die alte Frau warf einen Lappen ins Wasser und legte ein Stück Seife zurecht. Dann nahm sie das Bündel mit seinen Kleidern und ging leise hinaus. Caspar rannte ans Fenster und blickte ihr nach. Als sie verschwunden war, ging er an den Wänden entlang und sah sich alles genau an. Kellen, Schöpfer, Bretter, Messer, Schaumlöffel, der Hammer, mit dem das Fleisch geklopft wurde, das Brett, von dem die Spätzle geschabt wurden, der Stampfer für den Kartoffelbrei, riesige Töpfe und Pfannen, Holzteller und Bestecke. Er öffnete eine Schublade und sah auf ein Messer von der Länge seines Unterarms mit dünn geschliffener Klinge, er wog es in der Hand, packte den Griff, zog die Schneide über seinen Daumennagel und befand es für ausreichend scharf. Er ließ es zu Boden fallen und schob es mit dem Fuß unter eine düstere Anrichte. Darin ein feines Glas mit Zuckerzeug, glitzernde Kostbarkeiten und davor ein Fabelwesen, schöner als alles, was er kannte. Vier hellblau geschuppte Fische stützten das Kinn auf eine blumenübersäte Platte. Sie blickten in alle vier Himmelsrichtungen und reckten ihre Leiber in die Höhe. Doch statt eines Fischschwanzes wuchsen in anmutigem Schwung aus jedem ihrer Leiber vier kleine Menschlein, vier weiße reine Frauenkörper. Hochmütig reckten die vier Fräuleinchen ihre Brüste in die düstere Küchenluft. Auf ihren Häuptern balancierten sie eine zweite Platte, gefüllt mit frischen Früchten. War das aus echtem feinem Porzellan gemacht? Über Schultern und Rücken floss den halben Frauen in blauweißen Wellen ihr Haar. Caspar steichelte es mit dem Zeigefinger. Er ging vor der Anrichte auf und ab. Schneller, immer schneller rannte er hin und her und behielt die Fabelwesen fest im Auge. Er hüpfte seitlich, er drehte sich um sich selbst, schnell, immer schneller, bis die kleinen Fischfrauen zu tanzen begannen und eine feine Musik von Glasglöckchen erklang. Sie wiegten sich, sie bogen sich, sie lachten und sie schüttelten ihr Haar. Caspar hüpfte und lachte, stand still und lächelte. Sie schlossen ihre Augen und beugten vor ihm ihr Fischrückenknie. Caspar verneigte sich und kletterte in den Bottich. Das Wasser war noch warm. Er nahm den Lappen, sog an ihm, tauchte ihn wieder ein und legte ihn sich auf den Kopf. Mit kleinen Schauern fühlte er das Wasser, das sein Haar durchdrang, die Kopfhaut erreichte und sich in Rinnsalen einen Weg über sie hinweg suchte. Er legte sich den Lappen aufs Gesicht und sah ins milchige Dämmerlicht. Jetzt ist er allein. Ganz für sich. Er ist in seinem Häuschen. Hier herein darf nur, wer von ihm die Erlaubnis hat. Es gibt strenge Regeln für den Eintritt. Darum hat er wenig Besuch. Das ist ihm recht. Früher kam, wenn er sehr lange gewartet hatte, die Mama vorbei. Sie musste besonders strenge Regeln befolgen. Wenn sie auf dem Weg zu ihm mit dem Schuh geschlurft hatte, musste sie wieder gehen. Das passierte ihr meistens. Wenn sie dann doch hereindurfte, hob sie das Tüchlein von seinem Gesicht, strich ihm in einer langen, langsamen Bewegung über Haare und Rücken und goss mit der hohlen Hand Wasser über seine Schulter. Er aber legte den Kopf zur Seite, bettete die Wange in ihre Handfläche und ruhte ein wenig aus.

Ein Luftzug. Es wurde eng unter dem Lappen. Caspar riss das kalte Tuch weg, schöpfte tief Atem und hörte die Tür sich schließen. Die alte Resi war zurückgekommen. Sie legte ein Bündel Kleider auf den Hocker neben dem Bottich, nahm eine Bürste vom Regal an der Wand und schrubbte ihn ab. Er musste sich die Haare seifen, sie wusch sie mit viel Wasser wieder aus, befahl ihm aufzustehen, übergoss ihn mit frischem Wasser, wickelte den bibbernden Jungen in ein hartes Tuch und rubbelte ihn mit schnellen festen Bewegungen trocken. Sie zog ihm ein frisches Hemd über und hieß ihn in ein Paar dunkle Hosen zu steigen.

«Ich bin schon groß», sagte Caspar und zog sich die Schuhe und ein dunkelbraunes Wams selbst an.

6

Der Amtmann Bröm saß in seiner Schreibstube im Schloss ob Exenheim und ordnete seine Gerätschaften. Federn, Sandbüchse, Tintenfass waren von rechts nach links in einer Reihe nebeneinander platziert. Das Tintenfass am äußersten rechten Rand. Der Amtmann trug eine gelbe Weste, die er jetzt zurechtzupfte. Dann ordnete er alles in umgekehrter Reihenfolge, stellte das Tintenfass in die Mitte der oberen Tischkante, legte die Federn an den Rand und öffnete den untersten Knopf der Weste. Schließlich nahm er einen Bogen Papier, ließ seine polierten Fingernägel einen Wimpernschlag lang über den Federhaltern schweben, um jetzt einen auszuwählen, ihn bedächtig ins Tintenfass zu tauchen und zu schreiben. *Ad regimen den 22. Jul. 1781.* Nach kurzem Überlegen notierte er den Zusatz *Exped.*, damit sein Schreiben mit der ihm angemessenen Schnelle transportiert würde. Er betrachtete das Papier, sah seiner Schrift nach, wollte die Feder wieder eintauchen, zögerte, dachte nach, legte sie weg, erhob sich, knöpfte die Weste wieder zu, ging ans Fenster und sah hinab auf die kleine Residenzstadt, die in der Sonne glänzte. Die gedrungenen Türme der Stiftskirche bohrten ihre Spitzen in den Morgenhimmel. Unweit dahinter wölbten sich die glänzenden Kuppeln der Jesuitenkirche. Das hätten wir hinter uns, dachte er, beruhigt über das erst unlängst erlassene päpstliche Verbot für diesen ehrgeizigsten aller katholischen Orden. Sie sind für unsere Ansprüche doch immer ein wenig zu kurz, diese Jesuitentürme. Beide Kirchen wurden vom Marktplatz umgeben, und diesen umstanden leise tuschelnd die mehrstöckigen Stiftsherrenhäuser in einträchtiger Runde. Einige Häuserzeilen schlossen sich an, dann bereitete die Umfassungsmauer der Kleinstadt ein Ende. Hütten und Verschläge drückten sich an ihre Außenseite, bevor jenseits von Mauer, Graben und Fluss der Virngrundwald seinen schwarzen Schlund öffnete. Bröm klappte beide Fensterflügel auf und lehnte sich weit hinaus. Über der waldigen Horizontlinie hing dunstig die Luft. Ein schwüler Tag stand bevor. Mit einem Seufzer wandte er sich um und seinem Brief wieder zu, als es klopfte, und der Pfarrer eintrat. Leutselig bot Bröm ihm an, Platz zu nehmen, doch sein Besucher winkte ab. Der Amtmann zeigte seine Enttäuschung nicht, sprach von dem herrlichen Sonnentag nach dem verregneten Sommer und so fort, bis der Pfarrer ihm das Wort abschnitt und in knappen Sätzen zur Sache kam. Ein Junge sei bei der Schwanenwirtin abgesetzt worden. Bröm fragte, was da zu tun sei. Der Pfarrer beschleunigte seine Rede etwas. Es sei schließlich nicht seine, des Pfarrers, Aufgabe, aber nun ja, er würde halt versuchen, einen aus der Freundschaft des Jungen zu finden. Bröm nickte, rätselnd, wie das zu bewerkstelligen sei, und wich aus ins Formale. Selbstverständlich werde er sich darum kümmern, bereits morgen sei er in der Lage, ein wenig seiner Zeit erübrigen zu können. Ob das Kind denn keine Auskunft habe geben können? Als Antwort zog der Pfarrer den Zettel, der um Caspars Hals gehangen hatte, aus der Tasche und legte ihn vor Bröm auf das Pult. Ein Mensch namens Schwartz, Porzellanmacher in der welschen Schweiz, sei wohl der Vater. Mehr wisse er nicht. Das Kind bleibe vorerst im Schwan. Bröm zupfte an seiner Weste und kratzte sich im Nacken. Bereits unter der Tür, wandte sich der Pfarrer noch einmal um. Ein Zwitter aus Lächeln und Grinsen hockte in seinem Mundwinkel. Übrigens sei heute erst der Einundzwanzigste und Bröm ja neuerdings schneller als der Wind. Sprachs und schloss leise die Tür hinter sich. Bröm seufzte wieder und trat zurück ans Fenster. Lange blickte er hinaus. Dann stieß er beide Flügel knallend zu.

7

Caspar hatte so viele Nächte im Schwan geschlafen, dass die Finger seiner beiden Hände nicht mehr ausreichten, um sie zu zählen, und er die Füße mit den zehn Zehen zur Hilfe nehmen musste. Einen Fuß hatte er schon abgezählt und mit dem zweiten begonnen. Seine Mutter kam nicht. Das machte nichts. Caspar wusste, dass sie zurückkehren würde. Vielleicht sogar ohne den Sauer. Sie würden wieder zusammen sein wie früher. Nur die Mama und er. Er würde vorerst hier bleiben und nicht nach Ludwigsburg zurückgehen, denn es war gut möglich, dass sie heute kam, und dann wäre er nicht da. Sie würde ihr Kind suchen und fände es nicht. Er wartete. Die Sommertage reihten sich aneinander, leuchteten hell und süß, Johannisbeeren gleich.

Eines Morgens, er war erst wenige Tage im Schwan, saß dieses Geistermädchen am Tisch in der Schankstube und löffelte sein schwarzes Mus. Er starrte es an. Karolin kaute und schien ihn nicht zu bemerken. Dann bemerkte er die zweite Schüssel und setzte sich ihr gegenüber. Sie aßen schweigend und ohne einander anzusehen, bis er unter dem Tisch nach einem ihrer Füße fischte und ihn ein wenig zwischen seinen festhielt. Jetzt lugte sie unter dem Gedrechsel ihrer Locken hervor und feixte. Sie kauten. Caspar schaute im Raum umher. Auf dem Ofen lagen ein paar Gegenstände, doch er konnte nicht erkennen, ob es Feuerzeug war. Er spähte in die Düsternis, was seine Augen nur tränen ließ. In der Küche klapperte es.

«Das ist meine Mutter. Lass uns verschwinden.» Sie hatte sich zu ihm geneigt, und ihr warmer Atem strich über sein Ohr.

Er rieb das weg, schob schnell noch zwei Löffel Mus in den Mund, huschte zum Ofen, steckte das Talglicht und die Schwefelhölzer in die Tasche und rannte ihr nach. Als die Schwanenwirtin aus der Küche trat, entwischten sie durch die Vordertür ins Freie. Rauschender Wind in den Ohren, sie flogen auf und davon, hörten das Gebell der Wirtin nicht mehr. Johannisbeeren, hell und süß. Sie stahlen sie aus den Gärten der Bauern, sie strichen durch den Wald, sie krochen durch Getreidefelder, trampelten kleine Wege in die Frucht, legten sich hin, Körner zwischen den Zähnen, blauen Himmel über sich, aus dem sich graugelbe Ähren herabneigten. Karolin erzählte Geschichten. Sie erzählte ihm vom Brunnenmännlein, das das Brunnenwasser bewachte und krank wurde, wenn die Menschen ihm beim Wasserschöpfen keine Ehre erwiesen, indem sie es beschenkten oder zumindest grüßten. Dann brauchte das Brunnenmännlein nur einmal ins Wasser zu spucken, um den ganzen Brunnen zu vergiften und alle, die daraus tranken, ebenfalls krank zu machen oder gar zu töten. Caspar sah sie zweifelnd an. Sie erzählte vom heiligen Hariolf, der so fromm war, dass ihm beim Beten ein Feuerstrahl aus dem Mund gen Himmel fuhr. Oder davon, wie der Graf Adelmann, ergrimmt über die Verspätung, mit der sein Kutscher ihn zur Ostermesse gebracht hatte, diesen auf der Stelle erstach und anschließend in den Virngrundwald floh. Karolins Stimme schwebte. Sie flüsterte, wisperte, knisterte, schwieg. Caspar fiel das Messer wieder ein, das er unter die Anrichte geschoben und später unter seinem Strohhaufen versteckt hatte, und er beschloss, es gleich morgen in die Höhle zu bringen.

«Weiter!», drängte er, doch sie sah ihn erstaunt an und mit einem Blick, der von weit her kam, und nahm sich Zeit, um alles auszuspinnen. Caspar nutzte ihr Schweigen, um seine Wünsche anzubringen, und Karolin ließ den Rössern ihrer Einbildungskraft freien Lauf, sprengte mit ihnen durch Nacht und Wald, bis Caspar vor Gruseln schrie und dem Mädchen selbst eine Gänsehaut wuchs. Dann war der richtige Zeitpunkt gekommen.

«Erzähl vom Verzeigen», verlangte er, und sie begann.

«Ehe jemand stirbt, verzeigt sich das. Die Angehörigen, auch wenn sie entfernt sind, erhalten ein Vorzeichen oder einen Vorboten des Todes. Ohne dass jemand zu sehen wäre, hören sie ein dreimaliges Klopfen, ein dreimaliges Schellen am Haus, hören dreimal ihren Namen rufen oder sehen einen Lichtschein durchs Zimmer fahren. Es kann auch sein, dass Gläser zerspringen, Fußböden knällen, Tische wandern, Schränke krachen, Bilder von der Wand fallen oder unsichtbare Totenührlein ticken. In der Heiligen Nacht verzeigt sich, wer im nächsten Jahr sterben wird. Du kannst es sehen, wenn du um die zwölfte Stunde ans Fuchseck trittst und umherschaust: Särge stehen vor den Häusern, aus denen im nächsten Jahr Leichen gehen werden.»

Beide Kinder schauderten, doch nicht genug. Karolins Geschichten führten Caspar in das Asyl für Verbrecher in der Freigasse, weiter auf den Galgenberg, wo Lichtlein in der Fastenzeit zwischen Galgen und Schindanger hin und her wanderten, heulten, jammerten. Sie jammerte mit. «Das sind die Seelen der Schindknechte, die einen Unschuldigen hingerichtet und bei Nacht auf dem Schindanger verscharrt haben. Nun können sie keine Ruhe finden. Gehst du über den Schindanger, kommst du zu den Hexenwiesen im Goldrainwald. Hier haben sie die Hexen verbrannt.» Karolin sprang auf, wurde selbst zur Hexe, hüpfte herum, fuchtelte mit den Armen, raufte ihr Haar, krächzte und heulte.

Caspar musste lachen. Sie warf ihn zu Boden und drückte die Daumen in seine Halsgrube, dass es ihn würgte. Er wehrte sich. Sie rauften, rollten die Halme flach, blieben keuchend liegen, besahen ihre Kratzer, lachten sich ins Gesicht, hörten den Bauern, der fluchend und den Dreschflegel schwingend am Rand des Getreidefelds auf und ab stapfte, schlichen davon und rannten den Bach entlang zurück zur Stadt. Karolin warf Knie und Füße in die Luft, umkreiste ihn, fauchte mit gebleckten Zähnen, sprang ihm mit einem Satz auf den Rücken, er schlang die Arme unter ihre Knie und trug sie bis zu den ersten Hütten vor der Stadt.

8

Der folgende Morgen unterschied sich zunächst in nichts von den vorangegangenen. Als die Kinder in die Wirtschaft kamen, stellte Karolins Mutter, die Schwanenwirtin Kreszenz Borst, die Bänke und Hocker auf die Tische, dass die staubverklebten Beine in die Luft ragten, und ließ mit wütenden Strichen ihren Reisigbesen darunter hindurchfegen. Die Kinder setzten sich mit ihren Schüsseln auf die Ofenbank, aßen und ließen sie nicht aus den Augen. Schließlich stellte sie den Besen weg, wischte sich mit der Schürze über das verschwitzte Gesicht, baute sich vor den beiden auf und befahl dem Mädchen einzufeuern, die Stube für die Gäste zu richten, die Hasen und Hühner zu füttern, die Bohnen zu putzen, Wasser aufzusetzen und Resi beim Kochen zu helfen und, falls sie nach dem Mittag noch nicht zurück seien, in den Wald zu gehen und Reisig zu sammeln. Sie löste die Schleife von ihrem Schaffschurz, legte ihn ab und den Ausgehschurz an. Dann zerrte sie den Jungen von der Bank und eilte mit ihm die Lange Gaß hinab. Bei der Alten Post bogen sie ab, folgten der eng zusammengedrückten Häuserzeile der Schmidgaß, verließen die Stadt durch das Iaxttor und überquerten den Fluss, ein schwarzbraunes Rinnsal nach wochenlanger Hitze, das sie mit kotigem Atem anhauchte. Wieder zweigten sie ab und folgten nun einem toten Arm der Iaxt Richtung Westen. Kreszenz presste den Zipfel ihrer Schürze vor die Nase. In der Ferne sah Caspar ein paar Häuser, die sich eng aneinander duckten. Bis hierher waren sie im Laufschritt gegangen. Nun hielt die Dicke keuchend inne, setzte sich auf einen Meilenstein und verschnaufte. Zum wiederholten Mal wollte Caspar ihr seine Hand entwinden, doch sie schloss ihre Finger mit feuchtwarmem Griff enger um sein Handgelenk. Er blieb stehen und wartete ab. Wieder wischte sich Kreszenz über ihr nasses Pfannkuchengesicht und putzte sich die Augen aus. Caspar fragte, wohin sie gingen, was der Grund ihres Fußmarsches, doch er bekam keine Antwort. Seine Mutter hatte seine Fragen zum Schluss auch nicht mehr beantwortet. Sie hatte aufgehört zu lachen, lange bevor sie vor vielen Wochen in dieses Exenheim gekommen waren und zu zweit das Wirtshaus betreten hatten. Der Sauer hatte draußen auf der Straße gewartet und unruhig die Straße auf und ab gesehen. Im Schwan war es kühl gewesen. Caspar hatte ein Glas Most bekommen. Dann hatte sie ihm den Zettel umgehängt. Wo hatte sie den versteckt gehabt? Der Sauer rief mehrmals nach ihr, Frau, komm jetzt, und die Mutter befahl Caspar zu warten und sich unter keinen Umständen vom Fleck zu rühren. Dann ging sie hinaus. Auch bei ihr war etwas mit den Augen gewesen. Als ob diese Augen Caspar gesehen und doch nicht gesehen hätten, als ob sie ihn gesehen, aber im Kopf der Mutter kein Bild von ihm gemacht hätten.

«Weiter gehts.» Kreszenz erhob sich, zog ihn mit sich, und gemeinsam überquerten sie einen Bach. An einem von mehreren großen Becken standen zwei Männer mit Schaufeln in der Hand und pressten Wasser aus dem Schlamm. Kreszenz schnaufte laut, als sie bei den beiden ankamen. Der Jüngere der beiden hatte ein braunes Gesicht mit schwarzen Flecken, der andere war alt und trug einen löchrigen Hut mit einer Fasanenfeder dran.

«Ist der Fux in der Fabrique? Ich muss ihn sprechen», setzte sie an.

«Ist das wegen dem Bub?» Der Jüngere ließ die Schaufel sinken und seine Augen über Caspar hinwandern. Der andere musterte die Schwanenwirtin.

«Ich suche einen, der Schwartz heißt. Habt ihr den gekannt?»

Statt einer Antwort sahen die beiden sich an und grinsten vieldeutig. Dann öffnete der Alte die Presse, und der Dunkle begann, schwere Lehmbrocken loszustechen.

«Komm, wir gehen zum Fux.» Kreszenz wandte sich ab und stapfte los, da begann der Alte zu reden.

«Der ist schon lang weg. Und besser, der bleibt auch weg. Der hat Streit gehabt. Fehlbrände. Schlägereien. Einer ist ums Leben gekommen. Daraufhin ist der Schwartz bei Nacht und Nebel davon. Heut noch glauben alle, er sei damals schuld gewesen. Nur der Fux hält zu ihm, aber der war immer ganz vernarrt in den Schwartz. War erst sein Stift, dann sein bester Maler. Ein paar Weiber sind auch recht einsam gewesen, nachdem er weg war. Komm, sei froh, dass du den nie hast kennen lernen.»

Caspar hörte gespannt zu. Kreszenz bohrte weiter. «Was

früher war, will ich nicht wissen. Wo ist er jetzt, wisst ihr das?»

Die beiden grinsten, sahen sich an, grinsten wieder. «Der lebt als Hofmaler beim Herzog von Württemberg. Der lebt als Wegelagerer im Oberland irgendwo. Der hat die Wintermelcherin geschwängert und noch ein paar andere mehr. Angeblich.» Sie lachten laut. «Man hört halt so allerhand. Wenn einer was Genaueres weiß, dann der Fux.»

Es wetterleuchtete im Gesicht der Kreszenz. Sie raffte Rock und Schürze und stürmte weiter auf die Gebäude der Fabrique zu. Caspar folgte ihr die Straße hinauf, bis sie vor einem großen Tor stehen blieb und auf ihn wartete. Gemeinsam traten sie in einen schattigen Innenhof. Um den Stamm einer alten Kastanie wand sich eine grobe Holzbank. Ein Brett nur, auf dem die Wirtin sich jetzt niederließ und wartete, bis ihr die Hitze aus dem Gesicht gewichen war. Caspar setzte sich zu ihr und sah sich um. Der Hof war groß genug, dass zwei oder drei Fuhrwerke gleichzeitig darin beladen oder entladen werden konnten. Mehrere Gebäude umstanden ihn, deren größtes, die Exenheimer Fayencefabrik, ein Quer- und zwei Seitenflügel, mehrere Stockwerke hoch war. Große Fenster verliehen ihr ein herrschaftliches Aussehen. Ein gewaltiger Kamin krönte den Querriegel. Schuppen, Ställe und Wirtschaftsgebäude standen drum herum, eine zwei Mann hohe Mauer umschloss und schützte die Anlage. Caspar schlenkerte mit den Füßen. Das gefiel ihm alles sehr.

Krachend fiel die Holztür hinter ihnen ins Schloss. Dumpfe Kühle hüllte sie ein. Dämmerlicht, entfernte Geräusche. Ein gleichmäßiges gedämpftes Schlagen, Männerstimmen dazwischen, Gelächter, das gleich wieder verstummte. Caspar stand neben der Schwanenwirtin in einem gefliesten Flur, der sich zu beiden Seiten viele

Schritte weit erstreckte. Türen, trübe Fenster. Die Wirtin blickte sich unschlüssig um, wandte sich dann in die Richtung, aus der die Laute kamen. Langsam ging sie ein paar Schritte, drehte verunsichert um, ging wieder zurück in die andere Richtung und auf eine Treppe zu, die am Ende des Flurs in die oberen Stockwerke führte. Schon wollte sie ihren Fuß auf die erste Stufe setzen, da schloss sich eine Tür und von oben kam ihnen ein Mann entgegen. Kräftig, dickbäuchig, untersetzt wälzte er sich die Treppe herab und baute sich vor ihnen auf. Kreszenz strich die Röcke glatt.

«Sieh an, die Schwanenwirtin höchstselbst. Das kann nur heißen, dass es ums Geld geht.»

Die Frau tastete nach ihrem Haar, legte die flache Hand auf den Knoten, schloss für einen Augenblick die Finger darum, holte Luft und fragte noch einmal nach dem Porzellanmaler Schwartz. Fux, der Direktor der Fabrique, forderte sie auf, ihm zu folgen, und schritt voran die Treppe hinauf. Er führte sie durch eine Tür in einen Saal, groß wie ein Kirchenschiff und von Licht durchflutet. Unter den Fenstern saßen Männer an langen Tischen, jeder vor einem milchweißen Werkstück, umgeben von Pinseln, Messern, kleinen Schwämmen, Malbrettern und anderen Gerätschaften, die Caspar noch nie gesehen hatte. Aus Töpfen und Tiegeln entnahmen sie Farben und malten in schweigender Aufmerksamkeit. Der Fux schritt mit knallenden Schuhen über den Bretterboden des Saals, betrat einen kleineren Raum, bat seine Besucher einzutreten, warf sich in Pose und mit Schwung die Türe zu. Die Männer hatten ihre leisen Gespräche wieder aufgenommen, als sich die Tür erneut öffnete und Caspar durch einen Spalt zurück in den Malsaal geschoben wurde. Er hockte sich auf den Boden und wartete. Die Turmuhr schlug zweimal, dann dreimal, dann viermal hell und zehnmal dunkel, dann einmal und wieder zweimal. Da trat die Wirtin aus dem Bureau des Fux, schloss behutsam die Tür, winkte dem Jungen und verließ mit verträumtem Lächeln die Maler, die schlagenden Geräusche, die verstaubten Fenster, die Kühle, die Kastanie, die Fabrique.

9

Caspar saß in der Farnhöhle und sah in den trüben Nachmittag hinaus, Kälte kroch aus der Erde, auf die es seit Tagen regnete. Es war Ende September und der Sommer stand nur noch wacklig in den Schuhen. Sein Vater, dessen war er nun sicher, lebte als Räuber in den Wäldern südlich der Donau. Ein Räuberhauptmann, das war er, mit löchrigem Hut und Narben im Gesicht. Seine Bande lagerte lärmend um ein Feuer, fraß und trank. Doch wenn er auf seinem Pferd zu ihnen sprengte und lachend aus dem Sattel sprang, wurden sie still, und jeder wollte der erste sein, der ihm aus den Stiefeln half oder sein Ross trocknete. Eines Nachts würde er kommen und ihn holen. Nein. Er wusste ja nicht, wo er ihn suchen musste. Wusste er überhaupt etwas von ihm? Wusste er gar nicht, dass es ihn gab? Den Kaschper, seinen Sohn? Die Mutter hatte nie von seinem Vater erzählt. Es war, als ob nur andere Menschen Väter hätten. Er war immer mit der Mutter allein gewesen, seit er denken konnte. Das war ihm richtig vorgekommen. Er kannte ja nichts anderes. Doch auf einmal gab es diesen Vater. Einen Namen nur und eine Hand voll Gerüchte. Gemunkel der Leute aus Exenheim. Ja, es gab ihn. Er lebte und war wohl nicht weit von ihm entfernt. Caspar wollte es wissen, er wollte den Vater jetzt sehen und begann, sich einen Plan zurechtzulegen. Er würde Geld brauchen. Er würde ein Pferd brauchen. Er würde einen Führer brauchen, der ihm den Weg zeigte. Zuerst aber musste er herausfinden, wo er überhaupt war. Je länger er darüber nachdachte, desto fröhlicher wurde er. Die Mama war nur noch ein Schatten. Sie war nicht mehr wichtig. Sie war mit dem Sauer weggegangen, und er wollte jetzt gar nicht mehr, dass sie zurückkam. Er wollte sie vergessen. Sie sollte heulen, wenn sie kam, um ihn abzuholen, und er nicht mehr da war. Sie sollte heulen. Hier in dieser Höhle würde er sich mit dem Vater verstecken können. Ihre Schätze könnten sie in die Truhe legen, und auf den Fellen könnten sie ausruhen von der Räuberei der vergangenen Nacht.

Caspar suchte nach den Schwefelhölzern und dem Talglicht, zündete es an und funzelte herum. Langsam tastend begann er sich einen Weg weiter hinein in die Höhle zu suchen. Nach wenigen Schritten erreichte ihn das Tageslicht nicht mehr. Wasser tropfte von der Decke und drohte das kleine Licht auszulöschen. Er kroch durch eine kniehohe Öffnung, ich bin ein Fuchs, ein listiger roter Fuchs, dachte er, als er in einen zweiten, kleineren Höhlenraum gelangte, durch den er sich bis zu dessen Rückseite vorantastete. Hier tat sich ein schmaler Spalt vor ihm auf, in den er sich drückte. Der Spalt war so schmal, dass er sich seitlich gehend gerade eben würde hindurchzwängen können. Bevor er das wagte, streckte er den Arm mit der Kerze hinein, um zu sehen, wie tief der Spalt war. Er musste einen oder mehrere Schritte tief sein. Sein Arm erreichte das Ende nicht. Caspar zögerte. Was, wenn er in die Tiefe stürzte und dort stecken blieb? Behutsam leuchtete er in die Höhe, der Spalt öffnete sich baumhoch über seinem Kopf, unter seinen Füßen war er jedoch geschlossen. Fingerbreit um Fingerbreit schob er sich seitlich tiefer hinein und auf die andere Seite hindurch. Seine Brust, sein Rücken schabten die nassen Felswände entlang. Kaltes Wasser rann seinen Hals hinab, in seinen Kragen. Den Arm mit der Kerze hielt er weit von sich gestreckt.

Auf einmal spürte er einen Luftzug, und bevor er den Arm zurückziehen konnte, erlosch die Kerze. Dunkelheit schloss sich um ihn. Er steckte fest. Laut hörte er sein Schnaufen, verharrte kurz, horchte genauer hin. In dünnes Wassertropfen mischte sich ein weiteres Geräusch. Ein feines Schmatzen, das sich näherte. Er vermutete es hinter sich am Eingang des Spalts, in dem er steckte, drehte den Kopf, vernahm es deutlicher. Seine Augen hatten sich jetzt an das Dunkel gewöhnt, doch sie durchdrangen das Grau nur bis auf eine Armlänge vor sein Gesicht. Um zum Ausgang zu gelangen, musste er sich auf dieses schmatzende Wesen zubewegen. Er hielt den Atem an und bewegte sich langsam in dessen Richtung. Kaum hatte er sich aus dem Spalt herausgewunden, packte ihn ein wilder Schrecken, und er stürzte auf den Durchgang zum bewohnten Teil der Höhle zu. Das Schmatzen hörte er nun nicht mehr. Sein Atem ging fauchend ein und aus, erfüllte seinen Kopf, rauschte von innen in die Ohren, hämmerte und dröhnte. Er stolperte über einen Felsbrocken, stürzte und griff mit einer Hand in etwas Feuchtes, Kühles. Eine klebrige Masse quoll zwischen seinen Fingern hindurch, und als er sie zurückzog, blieb sie daran haften. Unwillkürlich drückten sich seine Finger zur Faust zusammen. Er musste sich schütteln, kroch durch den Durchschlupf in den vorderen Teil der Höhle, rannte zum Höhlentor und hinaus in den Wald. In seiner Faust eine unbestimmbare, lichtscheue Kreatur aus der feuchten Kälte, bräunlich grauer Brei an seinen Fingern. Matsch, den er nun wild von sich warf, den Hang hinab, das reichte nicht, er rannte ihm nach, kickte den toten Körper weg, trat ihn in den Boden, stampfte ihn ins Moos, schob Nadeln und Äste darüber, bis er von seinem Untergrund nicht mehr zu unterscheiden war. Ein aufgewühltes Stück Waldboden war alles, was blieb. Aufgescheuchte Ameisen nahmen sich des Leichnams an. Caspar wischte die Hand an Blättern, Moos und seiner Hose ab, hob sie vors Gesicht. Sie war dreckig. Sie roch wie immer.

10

Lange Gänge. Sie zogen sich viele Schritte lang. Wieder schleppte ihn die Kreszenz wohin. Aufs Exenheimer Schloss diesmal. Lange kalte Gänge. Ein Treppenhaus groß und hell, Gänge, noch mehr Gänge. Schimmliger Geruch aus den Ecken. Der Saaldiener eilte voran. Seine Beine bewegten sich, als steckten Stäbe darin. Kreszenz schnaufte laut. Wieder hatte sie ihren eisernen Griff um Caspars Handgelenk geschlossen und zerrte ihn hinter sich her. Endlich blieb der Livrierte vor einer hohen Tür stehen und klopfte an. Die Frau und das Kind verstanden nicht, was geantwortet wurde, nur der Diener trat ein. Kurz darauf kam er wieder und befahl den beiden zu warten. Nach einer Weile setzte Caspar sich auf den Boden, doch die Wirtin stieß ihm die Spitze ihres Sonntagsschuhs in die Seite, damit er wieder aufstand. Er sah aus dem Fenster. Tropfen liefen in langen Schlieren über die Scheibe. Im Schlosshof wurden ein Rappe und ein Fuchs herumgeführt. Gegen die Nässe trugen sie dunkelgrüne Gewänder. Der Braune tänzelte unruhig, doch der Schwarze würde ihn vielleicht aufsitzen lassen und ruhig tragen. Dann könnte er den Braunen am Zügel mit sich führen, durch

das Schlosstor sprengen und schnell den Waldrand erreichen. Er würde nicht sehr lange suchen müssen. Der Vater
erwartete ihn sicher seit langem. Der Fuchs wäre sein Ge-
schenk an den Vater und würde der ganzen Bande zeigen,
dass dieser Junge mit dem Messer im Gürtel der Sohn des
Hauptmanns war.

Die Eisenklaue der Wirtin riss ihn vom Fenster und aus
seinen Gedanken. Sie wurden vorgelassen und betraten
einen dunkel getäfelten Raum. Auf einem hohen Stuhl
saß hinter einem Pult ein schmächtiger Mann, dünn, fast
dürr, mit einer Hühnerbrust, und zupfte an seinem Wams.
Seine Fußspitzen krallten sich am Boden fest. Vor sich
hatte er Federn und anderes Schreibgerät aufgebaut. Sein
zappelndes Händchen forderte sie auf, näher zu treten.
Kreszenz zupfte an ihrer Schürze und tastete nach ihrem
Haarknoten.

«Ahm. Exzellenz.» Sie blieb stecken, denn der Amtmann hatte die Augenbrauen gehoben wegen der Ehrung
ihrer unpassenden Anrede und beschleunigte nun die Rede
der Wirtin mit einer kreisenden Handbewegung. «Dieses
Kind», setzte sie erneut an und schob Caspar, mit der Faust
in seinem Rücken, einen Schritt nach vorn. «Dieses Kind
ist nicht meines. Ich meine, es gehört nicht mir, es ist ein,
ist ein.»

Der Amtmann hatte den einen Mundwinkel um ein we-
niges sinken lassen, den anderen hingegen kaum merklich
angehoben, und wartete ab.

«Ein Wechselbalg», brach es nun aus ihr hervor. Caspar
zählte die Federn auf der Tischkante. Der Amtmann sagte
nichts. Da verlor Kreszenz die Fassung und spuckte derbe
Worte ihres Elends in den eleganten Raum. Dass sie selbst
eine Witfrau sei und drei Kinder hätte und was das Kind
sie kosten würde, nun sei es schon wochenlang in ihrer

Obhut, und niemand wolle dafür aufkommen. Caspar hörte den Amtmann fragen, was denn nun ihr Begehr sei. Sie habe von dem Fabrikdirektor Fux, einem alten Freund und Gast, erfahren, dass der Vater dieses Jungen, ein gewisser Michael Schwartz, aus Exenheim stamme, hier gelernt und gearbeitet hätte und vor seiner Abreise auf dem Schloss Geld hinterlegt habe. Davon wolle sie, um es kurz zu machen, eine gewisse Summa für den Unterhalt des Kindes beanspruchen. Andernfalls könne sie das Kind nicht weiter verpflegen und sähe sich gezwungen, es ins Asyl zu bringen, schließlich sei sie selbst knapp dran, und wo kämen wir denn hin, wenn jeder sein überzähliges Kind in einem Wirtshaus, wie dem ihren, über das es im Übrigen keine Klagen gäbe, absetzen würde. Atemlos hielt sie inne. Der Regen prasselte nun laut gegen die Scheiben.

Statt einer Antwort schüttelte der Amtmann in einer ruckartigen Bewegung sein zu einem dünnen Zopf gebundenes Haar auf dem Rücken zurecht, drehte dann die Augen zur Decke, dass nur noch Augenweiß zu sehen war und die Lider wie erlöschende Kerzen flackerten. Ein dumpfer Geruch nach Gewürznelken flog aus seinem Mund. Er starrte sie an. «Wir werden sehen. Zurzeit ist der Hofrat mit diesem Fall befasst. Ihr müsst Euch gedulden, Wirtin.» Seine Stimme war klar und sehr scharf.

Kreszenz öffnete den Mund und wollte mit ihren Einwendungen beginnen, doch der Amtmann wandte sich wieder seinen Akten zu, hob sein Spitzentuch an den Mund, stieß laut auf und wedelte die beiden zur Tür hinaus. Draußen schlug die Wirtin Caspar zweimal knallend an jede Wange und ging, ohne sich noch einmal nach ihm umzuwenden, den Gang hinab. Caspar sprangen Tränen aus den Augen. Draußen platschte der Regen herab. Der

Schlosshof stand unter Wasser. Tropfen hüpften tanzend auf den Pfützen. Die Pferde waren in den Ställen, daheim.

11

An diesem Abend blieb Caspar in der Schankstube sitzen und lief nicht wie sonst mit Karolin in die Nacht hinaus. Matt hing er auf einem Hocker, den runden Rücken an der Wand, und blinzelte in den Dunst. Er hielt sich abseits und wartete darauf, dass man ihn vergaß. Sobald er einen Luftzug spürte, sah er zur Tür. Die Gesichter, die erschienen, kannte er inzwischen fast alle. Das seiner Mutter war nicht darunter, dennoch sah er sie genau vor sich. Wie sie die schwarzen Brauen hob, die Nase kräuselte, den Mund zu ihrem breiten Lachen öffnete, den Kopf in den Nacken warf, ihn ansah, die Augen rollte. Und immer, immer hatte sie rote Backen gehabt. Von einer Ecke hinter dem runden Tisch aus konnte Caspar den Raum überblicken und in Ruhe auf die Männer aus der Fabrique warten. Doch Resi rief. Er ging in die Küche, wurde in den Keller geschickt, schleppte Flaschen, trug Gedecke und Becher herum, streute Sand auf den Fußboden.

Als die Männer nach und nach kamen, gelang es Caspar, sich wieder auf seinen Lauschplatz zu setzen. Sie nahmen Platz, holten das runde Brett, zogen die Karten, bestellten Bier und Most und begannen ihr Spiel. Caspar sah die Karten fliegen. Sie würden ihn nicht beachten und etwas untereinander sprechen, das ihm weiterhalf. Er würde dasitzen und sich jedes Wort merken. Er würde etwas über seinen Vater erfahren können, vielleicht auch über den Sauer und seine Mutter, oder er könnte selbst in der Fabrique etwas helfen und dabei lernen, wie man ein Porzelliner wird. Unter dem Stuhl kreuzten die Männer die Beine, stellten sie nebeneinander, traten sich gegen das Schienbein, schoben auch einmal eine Karte den Oberschenkel entlang zum Nebensitzer hin. Sie redeten nicht viel und wenn, dann nur Unverständliches über die Arbeit, jedenfalls kein Wort über den Schwartz, den Fux, den Auftritt der Kreszenz oder ihn.

Caspar wartete. Sie kümmerten sich nicht um ihn. Neben ihm saß der Junge mit dem schwarzen Gesicht, den er das erste Mal an der Filterpresse gesehen hatte. Er hatte die Brauen zusammengedrückt, kaute seine Unterlippe und blickte angestrengt in die Karten. Dann hob er mit großartiger Geste die Hand, tippte mit dem Zeigefinger zuerst an die eine, dann an die andere Karte, zupfte schließlich eine dritte heraus und knallte sie mit Wucht auf den Tisch. Strahlend sah er in die erstaunten Gesichter seiner drei Mitspieler, wischte dann die Karten zusammen und häufelte sie so vor sich auf, dass er sie für den Rest des Spiels immer im Blick hatte. Caspar sah zu. Nach und nach verstand er einen Teil der Regeln, wusste, wem welche Münzen aus den Mulden des Pochbretts zustanden und welche Karte welche andere stach. Fast hätte er seine Chance verpasst. Der Junge mit dem schwarzen Gesicht, sie nannten ihn den Allgäuer, warf wieder mit heftiger Bewegung die Karte auf den Tisch und schien dabei nicht zu bemerken, dass ihm eine weitere aus dem Fächer rutschte und unter dem Tisch verschwand. Schon kroch Caspar zwischen seinen Füßen hindurch. Er sah die Karte am entgegengesetzten Tischbein liegen, ganz nah neben dem Fuß des Alten. Ein Schuh traf ihn in der Seite, dass er die Luft anhalten musste, doch er kroch weiter und tauchte schließlich mit Spinnweben am Kragen neben dem Allgäuer auf und reichte ihm die Karte. Für kurze Zeit herrschte

Schweigen am Tisch. Der andere nahm wortlos die Karte. Es war das Schellenass.

Caspar setzte sich wieder auf seinen Hocker, doch der Allgäuer zischte ihn an, er solle abhauen. «Mach, dass du fortkommst.»

«Aber ich wollte dich fragen.»

«Hörst du nicht.» Die Stimme des Schwarzgesichtigen klang gepresst. «Du sollst abhauen.» Seine Brauen lagen wie ein Balken in seinem Gesicht. Caspar zuckte die Achseln und setzte sich wieder auf seinen Platz. Das nicht noch einmal. Das würde ihm nicht wieder passieren. Er musste aufpassen und vorsichtig sein. Viele Regeln, die er noch nicht kannte. Regeln für das Spiel und andere. Er würde sie alle herausfinden und lernen. Er machte Fehler. Er war ungeschickt. Aber er ließ sich nicht wegschicken.

Jeden Abend drückte sich Caspar von nun an in der Schankstube herum, wo man sich schnell an ihn gewöhnt hatte. Und obwohl er diese Weiberarbeit hasste, trug er für Resi leere Gläser und Krüge in die Küche, kam mit einem sauer riechenden Lappen wieder, wischte die Tische ab, stieg in den Keller, erledigte kleine Botengänge, dann wieder saß er einfach da und hörte zu. Abend für Abend, wochenlang wartete er. Doch nichts geschah. Bis eines Tages das Mädchen neben ihm saß. Sie sagte nichts, saß nur so neben ihm und sah in die gleiche Richtung, in die auch er sah.

«Was willst du?», fragte er schließlich.

«Ich kann dir helfen.»

Er betrachtete sie zweifelnd, gab keine Antwort, ging in die Küche, brachte Schüsseln mit Eintopf heraus, stellte sie vor zwei Männer, die er noch nie gesehen hatte, und setzte sich wieder zu Karolin. «Komm, wir hauen ab.»

Sie gingen in den Keller und setzten sich zwischen die Hurden.

Caspar erzählte. Von der Reise, von der Mutter, vom Sauer und dass beide weggegangen seien, um jemanden zu suchen, mit dem sie reden mussten wegen einer Arbeit für den Sauer, der sei nämlich ein Porzellanfabrikant, dass sie jedoch nicht zurückgekommen seien und er nun versuche, seinen Vater zu finden, einen Räuberhauptmann. Sein Schatz sei auf dem Schloss versteckt, und der Amtmann warte nur darauf, dass er komme, um ihn zu holen, denn dann könne er ihn gefangen setzen lassen. Karolin lachte schallend. Caspar packte sie an den Schultern und schüttelte sie, damit sie aufhörte, doch sie lachte immer mehr. Da schüttelte er sie ein bisschen fester, bis ihr Kopf an eine der Hurden schlug und sie ihm ins Gesicht fauchte. Er ließ sie los und setzte sich neben sie. Sie schwiegen. Keiner wusste, wie weiter.

Schließlich fragte sie: «Soll ich dir jetzt helfen, etwas herauszufinden? Ja oder nein?»

Er nickte.

«Das kostet aber was.»

Er nickte wieder. «Was?»

«Erstens, du schlägst mich nie wieder, denn ich bin von uns beiden der Anführer. Klar? Und zweitens, wenn du weggehst, nimmst du mich mit.»

Er zögerte. «Und du, was machst du dafür?»

«Ich höre mich um.»

«Ha.» Er sprang auf. «Du bestimmst alles und machst dafür nichts weiter als das, was ich selbst seit Wochen tu? Das ist mir zu wenig.» Er begann auf und ab zu gehen.

«Wir müssen genau wissen, wohin wir wollen, und dann brauchen wir Geld. Ich will wissen, was aus meiner Mutter geworden ist. Vielleicht ist sie in Not und braucht meine Hilfe. Dann will ich wissen, wo mein Vater lebt, und dann musst du helfen, Geld zu besorgen. Dafür kannst du mit mir kommen, wenn ich gehe. Das andere gilt nicht. Entweder sind wir beide Anführer, oder ich bin es, schließlich bin ich der Mann und du die Frau.»

Das Mädchen musste wieder lachen, war aber damit einverstanden, dass beide Anführer sein sollten oder keiner, und willigte ein.

«Tuts weh?»

«Ja, du Heularsch.» Sie rieb sich den Kopf, zeigte ihm die Fingerspitzen, die rot von Blut waren. Er kramte nach seinem Taschentuch, doch Karolin winkte ab und schlich davon. Caspar ging zurück in die Schankstube.

12

Der graue Morgen löste sich von der Nacht. Caspar lief zum Fenster, sah am Waldrand jenseits der Stadtmauer den Nachtmahr noch hocken und kroch zurück auf seinen Strohsack. Die Alte, bei der er seit einiger Zeit im Zimmer schlief, lag mit geöffnetem Mund auf dem Rücken und schnarchte. Ihre Lippen flatterten im Luftzug des Atems. Neben ihrem Gesicht lag der armdicke Zopf und verlor sich auf der Höhe ihres Ellbogens unter der Decke. Vom Hof drang Geklapper und die gellende Stimme der Kreszenz herauf. Die Alte atmete nicht mehr. Caspar sah gespannt hinüber und begann im Geist zu zählen. Bei sechzehn zog sie mit einem Japser die Luft ein und atmete zweimal schnell nacheinander ein und aus. Dann setzte sie ihr gleichmäßiges Gerassel fort. Als der Morgen von grau zu blau wechselte, schlich Caspar aus dem Bett und rüttelte Resi leicht am Arm. Sie drehte sich zur Seite und schlief weiter. Er schlüpfte in seine Kleider und suchte Karolin in der Schankstube, doch die war bereits davon, wie er dem Schimpfen der Kreszenz entnahm. Sie verfluchte ihre jüngste Tochter, während Caspar lächelte und sein Mus löffelte.

«Lach net so dumm. Zieh deine Schuhe an und komm mit», bellte die Wirtin. Caspar sah zur Tür und hoffte, Resi würde erscheinen, jetzt, da sein Teller leer war und die Kreszenz ihn wartend anstarrte. Doch die Tür zum Stiegenhaus blieb geschlossen. Da holte er seine Schuhe und wartete im Hof. Kreszenz steckte ihre Flechten um den Kopf, setzte die Haube darüber, warf das Schultertuch um, nahm den Tragkorb und stellte ihn vor Caspar auf den Boden. Er nahm ihn auf den Rücken und folgte der Wirtin durch die Straßen der Stadt auf den Marktplatz, wo sie die Reihen der Stände auf und ab ging, abschätzige Blicke auf die Waren warf, hier ein Gemüse befühlte, da eine Frucht beroch oder ein Ei schüttelte, um das Alter zu prüfen und auch, ob darin etwas wuchs. Zuletzt trat sie, ohne etwas gekauft zu haben, an einen der größeren Stände und sprach eine schwarzhaarige Frau an, die gebückt dahinter stand und sich nicht regte. Caspar hatte den Eindruck, sie würde in der Mitte auseinander brechen, doch da streckte sie ihren dünnen Körper und richtete sich langsam auf. Ihr Gesicht, das rot angelaufen war, entfärbte sich wieder. Sie stülpte die Unterlippe vor, blies sich eine Haarsträhne aus der Stirn und fragte nach den Wünschen der Kreszenz. Diese begann mit der Bäuerin ein Gespräch über den Sommer, die Sonne nach all den Regentagen und wie das der Ernte geschadet hätten. Schimmel, Rost, Ungeziefer. An den Halmen sei das Korn verfault. Sie hätten keine Ahnung, wie durch den Winter zu kommen sei. Kreszenz ließ ihren Blick über den vollen Marktstand schweifen, der sich

einige Schritte weit erstreckte, und nickte verständnis-
innig. Dann wurde ihre Stimme auf einmal leiser und säuselte in breiten Schwüngen auf und ab. Caspar erinnerte
sich. So hatte sie auch mit dem Dicken in der Fabrique ge-
redet. Hier konnten sie ihn jedoch nicht vor die Tür stellen, und so spitzte er die Ohren, um nichts zu verpassen.
Sie sei doch auch eine Schwartz. Ein Schreck rauschte ihm
durch den Kopf, und er verstand nicht, was hier vor sich
ging.

«Kennst du einen Michael Schwartz? Kaspar Michael.
Gehört der vielleicht zur Freundschaft von dem da?» Kreszenz wies mit dem Kinn auf den Bauern, der weiter unten
am Stand den Pfarrer begrüßte.

«Warum willst du das wissen?» Die Bäuerin warf einen
hastigen Blick auf ihren Mann, der die Frauen nicht beachtete und zu weit weg war, um den Inhalt ihres Gesprächs verstehen zu können. Das schien die Dünne jedoch
nicht zu beruhigen. Sie strich sich sorgfältig die Schürze
glatt, zupfte da einen Fussel, klopfte dort einen Brösel weg,
grüßte nun ebenfalls den Herrn Pfarrer, der hinter ihrer
Kundin vorbeistrich, und sah dieser wieder, nun ohne mit
der Wimper zu zucken, geradeaus in die Augen. Die Wirtin tat, als hätte sie die Unruhe der Bäuerin nicht bemerkt,
und fuhr gleichmütig fort. Dieses Kind, sie drehte sich halb
und zeigte mit dem Finger auf Caspar, sei bei ihr abgesetzt
worden, man nehme nun an, dass es dem Michael gehöre,
und sie könne den Bankert unmöglich länger behalten, solange keiner für ihn aufkäme. In den Zügen der Bäuerin
machten Ärger und Wachsamkeit einer plötzlichen Er-
leichterung Platz. Ach so, ja, sie wisse jetzt auch nicht, sie
seien über ein paar Ecken schon verwandt, der Bauer und
der Porzelliner seien Großvettern, aber wenn sie jetzt den-
ke, dass sie den Jungen zu sich nähme, dann hätte sie sich

geschnitten, jeder wisse doch, wie es bei ihnen aussehe, wie sie zu kämpfen hätten und selber ein Haus voller Bälger, ihr Jüngster sei gerade mal acht. Sie selbst, ja, wenn es von ihr abhinge, schließlich sei es ihre Christenpflicht, aber für den Melchior käme das nun überhaupt nicht in Frage, ja, sie könne ihn das nicht fragen, denn er käme so schnell in Rage und würde das dann tagelang an den Tieren, dem Gesinde und den Kindern auslassen. Das fügte sie schnell an, denn die Wirtin hatte schon den Mund geöffnet, um Einwände zu erheben. Kreszenz staunte zweifelnd, musste jedoch einsehen, dass sie so nicht weiterkam.

«Gut, dann nehme ich dir das ab und frage den Melchior selbst. Hätt ich gleich machen sollen, ist ja doch Männersache, das zu entscheiden.» Wichtig stapfte sie an das andere Ende des Stands, da rief die Schwarzhaarige sie zurück. Ob denn jemand für den Balg aufkommen würde, ob Geld da sei.

«Kann schon sein. Frag den Amtmann.» Und nun begann Kreszenz ihre Klage, dass sie nichts machen könne, schließlich sei sie eine Witfrau und selbst mit drei Kindern beladen und mit dem Wechselbalg hier in keiner, aber in gar keiner Weise verwandt. Sie warf den Kopf.

«Sag mal, deine beiden Großen, hast du die nicht schon in Lohn und Brot gebracht?», fragte die Bäuerin und sah sie nachdenklich an.

Statt einer Antwort nahm Kreszenz eine erdverkrustete Kartoffel aus dem Korb vor sich und fragte: «Wie lange kaufe ich nun schon für meine Wirtschaft bei dir ein?» Sie schnüffelte an der Kartoffel, drückte mit dem Finger auf eine der weichen Stellen, dass der faulige Saft heraustropfte, warf sie zurück in den Korb, strafte die Bäuerin mit einem verächtlichen Blick und ging mit langen Schritten davon. Caspar schulterte den leeren Korb und folgte ihr.

13

Eine Amsel kletterte ihre Tonleiter auf und ab. Eine zweite folgte, weitere fielen ein. Caspar lauschte ihrem Singen und sah dem Licht in den Ecken der Kammer zu, wie es sich veränderte. Er lag auf dem Bauch, die Wange auf dem Rücken der linken Hand. Das Zwitschern des Vogels schien aus der Zimmerecke zu kommen. Er sah ihn dort sitzen, sein Kopf ruckte, er hüpfte aus dem Zwielicht ins Helle und auf die Fensterbank. Dort sang er wieder. Er sang von Caspars Mutter und ihrer Liebe zu den Amseln. Im Frühjahr konnte sie nie erwarten, bis sie wieder zu singen begannen. Dann lachte sie und hielt ihr Gesicht in die Sonne. Wenn sie lachte und der Tag hell war, wie heute, konnte Caspar den Übergang sehen: die haarfeine Kreislinie, die das Schwarz ihres Auges von seiner dunkelbraunen Umgebung trennte. Im Kerzenlicht und wenn sie zornig war, füllte das Schwarz ihr ganzes Auge aus, ließ sogar das Augenweiß fast verschwinden, und der Wimpernkranz senkte sich langsam darüber. Hob und senkte sich. Wie bei einer Kuh. Und seltsam, wenn sich die Augen auf ihn richteten, schien eins ein wenig aus der Mitte und zur Nase hin gerückt. Sie bestrahlten ihn wie zwei Sonnen so stark, dagegen war das bisschen Licht in der Ecke seiner Schlafkammer gar nichts. Zwei Augen, die ihn durchleuchteten. Das auch. Wenn das geschah, sagte er in seinem Kopf Abzählreime auf. Ene dene dubbe denne. Wenn sie ihn weiterhin ansah, musste er schnell auf dem Stuhl herumrutschen oder am Hals ein wenig schaben, so kitzelte es ihn. Dubbe denne dalia. Wenn sie ihr Nähzeug sinken ließ und ihn aufforderte zu reden, ließ das Jucken nach und er begannn zu sprechen. Er erklärte, wie es gekommen war, dass er das Eis im Brunnen aufhacken musste und dabei hineingestürzt war, warum er seine Schuhe dem Heuler von der Fischergassenbande hatte geben müssen, warum er dem Sauer Hagebuttenkörner als Juckpulver ins Nachthemd geschüttet hatte, woher er das nagelneue Hufeisen hatte und wie er mit dem Matze, seinem besten Freund, so in Streit geraten war, dass sie sich gegenseitig die Hemden zerrissen hatten. Er redete und redete. Immer neue Gründe fielen ihm ein, jede Einzelheit wurde wichtig. Die Mutter hörte zu, wusste, warum er kein Ende fand, und unterbrach ihn dennoch, indem sie seine beiden Handgelenke umschloss, ihn zu sich zog, ihm noch einmal in die Augen sah. Jetzt war es so weit. Sie schickte ihn die Rute holen. Caspar zählte seine Schritte bis zu der Kammer, in der sie hing. Zurückgehend setzte er einen Fuß vor den anderen, dass Zehen und Ferse sich berührten. Achtunddreißig hin und zurück. Mehr Schritte konnte er nur machen, indem er um den Tisch herum oder durch die spaltbreit geöffnete Tür einen Umweg nahm. Er gab seiner Mutter die Rute, setzte sich auf die Bank und wartete. Zuerst ging Paula durch das Zimmer zum Fenster und öffnete es weit. Dann winkte sie ihm zu, sich über die Bank zu legen, und er tat wie geheißen. Als wolle sie ihr Ziel genau ins Auge fassen, klopfte sie zuerst ein wenig auf seinen Hosenboden. Dann holte sie aus und ließ die Rute mit aller Kraft herabsausen. Caspar hörte den Streich und schrie jämmerlich. Er war ein klein wenig zu langsam. Doch Paula schlug noch einmal und noch einmal zu und begann, ihn mit jedem Hieb auszuschimpfen. Sie tobte. Was er ihr für eine Schande mache, womit sie das verdient habe, warum der Herrgott sie mit einem ungezogenen Teufelsgeschmeiß wie ihn gestraft habe, dass sie ihn fortjage, wenn er sich nicht bessere, und vieles mehr. Mit jedem ihrer Schläge kam Caspars Schrei plötzlicher, und sie gerieten in einen gemeinsamen Takt. Caspar musste nicht mehr nach der Rute sehen. Es ging Schlag auf Schrei auf Schlag auf Schrei. Vor dem Fenster gingen die Nachbarn durch die Gasse und nickten sich verständnisvoll zu. Schwer hats die Frau mit dem Bengel, nur gut, dass sie ihn richtig hart anpackt. Seine Kinder nicht zu schlagen ist eine Sünde und wird von Gott bestraft. Paula hieb die Bank. Paula schimpfte weiter. Jeder Schlag eine Verwünschung, jeder Schlag ein jämmerlicher Schrei. Sie hieb links und rechts neben Caspar auf das Holz, dass die Rute splitterte. Kleine Zweige flogen durch die Luft. Caspar stellte fest, dass die Bestrafung manchmal sehr lange dauerte, dann wieder nur wenige Schläge lang. Er konnte keinen Zusammenhang erkennen zwischen der Höhe der Strafe und der Schwere seines Vergehens, dachte nicht mehr darüber nach, denn auf einmal endete die Bestrafung. Seine Mutter hob den Arm, wischte sich Schweißtropfen und ein Gewirr schwarzer Haarfäden aus dem Gesicht, rieb sich den Nacken trocken, ließ die Rute sinken. Ihr Ausdruck hatte sich vollkommen verändert. Ihr Gesicht war wolkig und an den Rändern etwas ausgefranst, die Augen hinter Nebelschleiern verborgen. Caspar wusste, dass sie, ganz gleich, was er angestellt hatte, so lange schlug, bis sich dieser Schleier über ihre Züge legte. Wie lange und wie hart sie schlug, hing nicht mit dem zusammen, was er angestellt hatte. Fast schien es, als bräuchte die Mutter die körperliche Anstrengung, das Zetern und Schreien, um sich von einer Last zu befreien, denn einige Male war es vorgekommen, dass Caspar für etwas bestraft wurde, das noch in der Woche zuvor höchstens einen Tadel bewirkt hatte. Er konnte die Härte der Strafe und ihre Gründe nur vermuten. Deshalb beobachtete er die Mutter und merkte nach einiger Zeit, wie sie unruhig wurde und ihre

Bewegungen hastig. Missgeschicke und Vergesslichkeiten passierten. Dinge fielen zu Boden, Schubladen klemmten Finger ein, im Brot fehlte das Salz, sie ging ins Waschhaus und vergaß, die Seife mitzunehmen. Solche Sachen. Häuften sie sich und sang die Mutter laut und schrill, kam die Haue näher. Zerbrach sie etwas und warf im Jähzorn ein zweites Geschirrteil hinterher, wusste Caspar, dass es wieder Zeit war. Er holte die Rute, legte sich hin, und die Mutter hieb die Kante der Bank, dass der Fußboden zitterte.

14

Leises Rufen mischte sich in das Vogelgeschrei. Er sprang aus dem Bett und sah aus dem Fenster. Karolin winkte, er solle herunterkommen. Sie trug einen abgetragenen Männerrock über ihrem weißen Kleid, schlotterte dennoch. Caspar nickte, sie verabredeten mit Zeichensprache, sich in der Höhle zu treffen, und sie huschte aus dem Hinterhof des Wirtshauses. Geräuschlos und in großer Hast zog er sich an, als er bemerkte, dass sich etwas verändert hatte, jedoch nicht sogleich wusste, was es war. Angespannt lauschte er und stellte dann fest, dass das Singen der Amsel nicht mehr zu hören war. Er begann, leise zu pfeifen. Er legte den Zungenrand an die obere Zahnreihe, die Lippen öffneten sich nur wenig. Caspar, der auf den Fingern, mit gespitzten Lippen, zwischen den Zähnen hindurch, durch die gerollte Zunge und durch eine kleine Öffnung zwischen den Daumen, also auf fünf verschiedene Arten pfeifen konnte, pfiff nun sehr leise durch die Zähne. Das war die dritte Art und es war die richtige für ein langsames Lied wie dieses, in dem ein Mädchen von einem Traum berichtet und vermutet, dass ihr Liebster tot ist. Er kannte den Wortlaut nicht genau. Er pfiff lieber, als zu singen. Das war es ja auch, was Jungen tun. Pfeifen.

Er stürzte die enge Holztreppe hinab und vor die Tür in den Morgen. Er lief einen Weg, den er nun gut kannte, er lief, um seine Freundin zu treffen, er lief, um das Vogelsingen in seinem Kopf loszuwerden. Und seltsam, je weiter er in den Wald hineingelangte, je dunkler die Schatten auf ihn fielen, desto leichter wurde sein Herz. Er rannte, dass das knietiefe Laub aufstob, er warf es mit der Fußspitze in den Himmel, warf sein Rabenherz hinterher, warf es in die Kronen der Tannen. Außer Atem ließ er sich vor der Höhle neben Karolin in das Moos fallen. Er keuchte, zog die Schuhe aus und warf sie von sich. Nasse Haarsträhnen klebten ihm in der Stirn. Seine Wangen glühten. Das Blut klopfte in seinem Kopf. Sein Hemd klebte an Brust und Rücken. Der Stoff der Hose kratzte die Innenseiten der verschwitzten Beine. Ein Frösteln überlief ihn. Er bewegte sich nicht, bis dieses widerliche Gefühl nachließ.

«Ich weiß etwas, was du nicht weißt.» Ihre Stimme lief in einem leisen Singsang auf und ab.

Er drehte den Kopf und sah sie an. Sie hatte den Kragen des dunklen Rocks aufgestellt. Ihre Haare steckten darunter. Wie ein Junge sah sie aus.

«Wollen wir Giftpilze suchen?»

Er tat, als hätte er sie nicht gehört, als wäre ihm das alles gleich, suchte seine Schuhe zusammen und zog sie langsam wieder an. Dann stand er auf und begann tastend den Abstieg ins Farntal, wie sie die Lichtung unterhalb der Höhle nannten. Jetzt hielt sie ihn am Ärmel fest, zog ihn zu sich nieder, ließ ihn noch einmal schwören, dass er seinen Teil der Abmachung einhalten werde, fragte dann, ob er schweigen könne, versicherte sich dessen noch einmal, und begann endlich zu reden.

«Er heißt Michael. Dein Vater hat in Wien gelebt. Dort wurde er ein berühmter Porzellanmaler. Der beste. Er liebte die Prinzessin, doch ihr Vater, der König, wollte sie töten lassen. Dein Vater musste fliehen und entkam bei Nacht und Nebel. Auf einem Donauschiff fuhr er bis ans Meer. Von da aus fuhr er über den Ozean nach Amerika. Heute lebt er dort mit einer wilden Frau und hat zehn Kinder.»

Caspar staunte. Bereits bei der Wiener Prinzessin hatten ihn Zweifel beschlichen, doch Karolins ernstes Gesicht brachte ihn ins Wanken. «Ich glaube dir kein Wort. Beweise es. Ich glaube dir nicht.»

«Komm mit.» Karolin kroch voran in die Höhle, ging zu der Kiste, öffnete sie und suchte darin herum. Caspar wartete ab. Da zog das Mädchen eine Schnur heraus. Kleine Steine waren an ihr aufgereiht wie Perlen an einer Kette. Caspar zählte je fünf Stück links und rechts, und in ihrer Mitte hing eine buntscheckige Feder. Er kannte den Vogel nicht, der sie verloren hatte. Feierlich band Karolin ihm die Schnur um den Hals. Er betastete den Schmuck vorsichtig.

«Von ihm», flüsterte sie.

Er zweifelte immer noch.

«Wir wollen fortgehen übers Meer.» Suchend sah sie in seine Augen, und er nickte.

Von nun an beschäftigte sich Karolin ununterbrochen mit den Reisevorbereitungen und riss Caspar mit in den Strudel ihrer weit verzweigten Pläne. Sie trugen alles zusammen, was ihnen für die Flucht nützlich erschien. Messer, Talglicht, Flintstein, Zunder, eine Wasserflasche, eine Decke, Dörrobst, hartes Brot, einen Kanten Speck. Sie räumten die alte Holzkiste in der Höhle leer und füllten sie mit ihren Schätzen. Um an Geld zu kommen, begannen sie, Botendienste zu erledigen. Doch sie verdienten viel zu wenig und viel zu langsam. Bald einmal hatte Karolin die Idee, aus dem Klingelbeutel in der Kirche unter lautem Geklapper Münzen herauszuholen statt hineinzuwerfen, ließ auch einmal, einen Hustenanfall vortäuschend, den Sack zu Boden fallen, dass die Kreuzer über den Steinboden hüpften. Eifrig sammelten die Kinder alles wieder ein und behielten eine Hand voll der kleinen Münzen wie unabsichtlich in den Fäusten, wo sie heiß und nass wurden. Angst bekam Caspar erst, als Karolin ihm von den Geheimnissen der Wirtshausgäste erzählte und auszuspinnen begann, womit sie sich für ihr Schweigen bezahlen lassen würde. Er begriff sofort und weigerte sich mitzumachen. Wochenlang versuchte sie, ihn zu überreden, schwärmte von sagenhaften Summen, die sie zusammenpressen könnten, schwärmte von der Flucht noch vor dem Jahresende, schwärmte von einem freien Leben unter wilden Menschen. Caspar weigerte sich. So verging der Herbst. Der Winter nahte, und sie saßen noch immer in Exenheim fest.

15

Kalter Wind pfiff durch das Exenheimer Schloss. Der Amtmann Bröm schlang die Arme um seinen mageren Leib, rieb die Hände aneinander, tauchte dann mit immer noch klammen Fingern die Feder in die Tinte und schrieb.

Exenheim den 30. Oct. 1781. Es hat ein Kaspar Michael Schwartz ein damalig 40-jährig ledig mensch schon vor 5 Jahren in Ludwigsburg, allwo er bei dortiger Porzellanmanufaktur gearbeitet, eine wittib namens Paula Beyer-

*lein die ohne eigenes zutun mit großen schulden beladen
und dabei noch sehr arm war, impraegniert.*

Viermal, so zählte er mit, hatte er die Feder eintauchen
müssen. Das bedeutete, dass er wieder eine kleine Pause
verdient hatte. Er hob den Brief und zog darunter ein ver-
gilbtes Blatt Papier hervor, eine Annonce, die er bereits vor
Wochen aus der Zeitung gerissen hatte. Er las und bewegte seine feuchten Lippen dazu: *Preiscourant.* Sein Finger
huschte über die Spalten, streifte *Butterdose* und *oval
Barbierbecken*, brachte eine *Confectschale* ins Wanken,
rutschte über *Nachtpott, Obstkorb* und *Ohrnapf* bis zum
Speypott, wo er abrupt innehielt und zurückhuschte, bis
er die *Schildkrötenforme* passierend das *Schreibzeug* erreichte.

«Ah», seufzte er leise, während sein Auge genüsslich
über die Kürzel schweifte, die es längst auswendig kannte: *Gr. Ord. Schreibzeuge, extra große auf gef. fein dito.
Mitlere ordinaire Schreibzeuge, kleine dito dito; Einzelne
Dinte und Sandbüchsen; Tuschgefäße.* Er atmete behutsam aus. Ein großes ordinaires Schreibzeug für Tinte und
Federn. Nicht ganz so groß wie das, das er beim Hofrat
Neumiller gesehen hatte, aber doch ein stattliches, präsen-
tables Stück, mit dem er alle Bittsteller und den Pfarrer
von Sankt Veit gehörig würde beeindrucken können. Es
wäre aus echtem Feinporzellan gefertigt, über und über
mit Blumen besät. Er sah es in allen Einzelheiten vor sich.
Doch beim Gedanken an den Hofrat fiel ihm sein Brief
wieder ein. Er zupfte sein gelbes Wams zurecht, stützte die
Stirn in Zeigefinger und Daumen der Linken, rechnete
Wochen und Monate mit den Fingern der anderen Hand
nach, tauchte dann die Feder ein und schrieb in sorgfältigen Kringeln. *Vor drei Wochen* – der Schwindel floss ihm
ohne Stockung aus der Feder – *ist vermeld: Beyerleinin ist*

mit diesem ihrem Kind hieher gekommen, und hat die-
ses Kind in allhiesigem Schwanenwirtshaus sitzen lassen,
und sich sofort auf und davongemacht dieses Kind, so ein
Knäblein hat lediglich nichts als ein altes Leibchen und
derlei Hembt auf dem Leib liegen.

Die Beyerlein. Ein schönes Weib. Ein sehr schönes Weib
war sie. Das war selbst ihm sofort aufgefallen, wie sie
da vor ihm saß und die Lippen kräuselte. Ihre schwarzen Augen glommen und ihre Haare, ihre Kleidung, ihr
ganzes Wesen schien in Auflösung begriffen. Es war ein
unerträglich heißer Sommertag, und sie hatte eigenartig
gerochen. Modrig, ja, kühl, falls das eine Frau überhaupt
konnte, kühl riechen. Er, Bröm, dem die Frauen nichts be-
deuteten, der ihre schwere Körperlichkeit, die Nähe ihrer
warmen Haut nur mühsam ertrug, hatte sich mehrmals
in den Kragen fassen und ihn mitsamt Jabot ein wenig
vom Hals spreizen müssen, damit etwas Luft in sein Hemd
fuhr und ihm das Atmen erleichterte. Sie aber hatte ihn
unentwegt angesehen, mit ihrem Nachteulenblick, bis er
schließlich aufstand und beide Fensterflügel weit öffnete.
Die Landschaft vor seinen Augen geriet etwas aus den
Konturen. Er schloss die Augen und atmete tief. Als das
Schlingern der Fundamente nachgelassen hatte, wandte er
sich ihr wieder zu und schickte sie unter einem Vorwand
weg. Kommt hierher und bettelt mich an. Verlangt Geld.
Droht mir gar. Freches Mensch. Noch heute brachten ihn
die Erinnerungen daran so in Aufruhr, sodass er vom
Stuhl sprang und seine Amtsstube mit schnellen Schritten
durchmaß. Nach elf Runden setzte er sich wieder, betrachtete sein gläsernes Tintenfass und seufzte. Wieder erschien
vor seinem inneren Auge da auf dem Pult vor ihm ein
leuchtend weißes rechteckiges Kästchen. Zierlich und fein
ruhte es auf seinen vier runden Scheibenfüßchen. Im vor-

deren abgestuften Teil schimmerten die Federn, schwach beleuchtet von der Abendsonne, während dahinter in den runden Öffnungen Tintenfass und Streubüchse zwischen waghalsig hochstehenden Zapfen geduldig ruhten, bis er, Servilian Patriz Bröm, nach starkem Denken zum Federhalter griff und in wohlgesetzten Wendungen einen seiner Briefe niederschrieb. Ein kleines Kunstwerk jeder einzelne. Er schob Paula noch einmal beiseite und dachte an die feine Welt von Stand, die sich hin und wieder genötigt sah, seine bescheidene Amtsstube aufzusuchen. Darum sollte das fein gearbeitete Schreibkästchen mit zierlichem Blumenschmuck verziert sein. Ach ja. Er seufzte, griff wieder zur Feder und ließ sie einen Augenblick tintenschwer über dem Papier schweben, während er noch nachdachte. Da löste sich ein Tropfen, fiel auf den Brief, verschluckte die *wittib* und breitete sich in großer Eile weiter aus. Bröm riss das Blatt an sich, knüllte es wütend und warf es in die Ecke unter dem Fenster, wo es die Abendschatten verschluckten.

16

Es war früher Morgen und noch kalt in der Küche. Caspar saß auf einem Schemel und brockte Brot in ein Schälchen mit Sauermilch auf seinen Knien. Er sah der Alten zu, die das Herdfeuer in Gang brachte. Hungrig begann er zu löffeln. Da knallte die Tür auf, und Kreszenz trat mit schlammigen Schuhen vom Hof in die Küche. In einer Hand hatte sie Karolins Haare. Sie zerrte das Mädchen, das sich die Hände über den Kopf gelegt hatte, um den Zug an den Haaren zu mildern, hinter sich her und stieß es in die Küche. Keine von beiden gab einen Laut von sich. Karolin schlug mit der Stirn an die Herdkante. Noch immer kein Laut. Resi stocherte in der Glut. Die Wirtin sah von einem Kind zum anderen. Dann wischte sie die Hände an ihrer Schürze ab. Eine Teufelin habe sie geboren. Keiner wisse, woher die Schlechtigkeit komme, mit der sie gestraft sei. Ihre eigene Tochter wolle sie in die größte Schande bringen. Ein röhrender Laut entstieg Kreszenz' Kehle. Er erinnerte Caspar an das Geräusch, das eine Kuh machte, wenn sie kalbte.

Karolin presste sich die Hand vor den Mund, ihr Körper schüttelte sich in stummem Lachen. Mit dem Ärmel wischte sie sich das Blut weg, das in einem dünnen Faden aus ihrem Haar rann. Dann steckte sie die Hand in die Rocktasche, wo sie sie zur Faust ballte. Die Wirtin verlor sich in Schimpfen und Schreien. Karolin schob sich näher zu Caspar hin, versteckte die Faust hinter dem Rücken und suchte seine Hand. Er betastete ihre kalten Finger und entnahm ihnen einen kleinen Gegenstand, ein Beutelchen, weich und leicht. Als er die Finger darum schloss, knisterte es darin. Schnell wich das Mädchen wieder von ihm weg. Noch immer hockte an den Rändern ihres Gesichts ein ungezähmtes Grinsen. Caspar sah sie nicht an, denn er wusste, wenn ihre Blicke sich trafen, würden sie sich nicht mehr halten können. Er wollte Kreszenz keinen Anlass bieten, Karolin oder ihn zu schlagen, und sah schnell auf den Boden. Neben ihm ein unterdrücktes Glucksen. Caspar schloss die Faust um den kleinen Beutel und fühlte nun das Papier darin. Entsetzen kroch ihm zwischen Haut und Hemd. Geld. Scheine. Das war etwas anderes, als hier und da einen Kreuzer zu entwenden. Karolin hatte offensichtlich ihr Wissen ausgenutzt und es durch Erpressung oder Diebstahl zu Geld gemacht. Er steckte die Faust mit dem Beutel unter seinen Schenkel und sah zu Kreszenz, die ihren Spott bemerkt hatte und das Mädchen nun am Handgelenk in den Keller schleppte. Caspar steckte den Beutel in die Hosentasche.

Als Kreszenz zurückkam, war es still. Unheimlich fast. Resi klapperte mit den Töpfen, Caspar wurde in den Hof geschickt, wo er sich an den Hasenställen zu schaffen machte. Er warf dem Gescheckten einen Arm voll Gras hin, als er Karolins Schreien zum ersten Mal hörte. Es begann mit einem schrillen, langsam abfallenden Ton, kreischend, wie das Gieren einer alten Tür. Stille. Dann folgte ein lang andauerndes Gebrüll, das in einen Schluchzer und in ein gurgelndes Geräusch mündete, dem Brüllen eines Esels gleich, mit dem das Mädchen die Luft einzog. Dieses schluchzende Gurgeln war das Unheimliche an Karolins Geschrei. Gieren, Brüllen, Schluchzen. Langsam steigerten sich Lautstärke und Geschwindigkeit. Caspar begann Holzscheite aufzuschichten, die da im Hof lagen, ging eilig herum, warf die Prügel, dass sie ordentlich klapperten, doch Karolins Gejammer übertönte alles. Schließlich hielt er sich die Ohren zu, rannte aus dem Hof und die Straße hinab. Karolins Schreie folgten ihm. Leise zwar, doch unüberhörbar.

Er rannte, der Zugwind rauschte in seinen Ohren, und noch immer hörte er ihr Geschrei. Unter einem Torbogen blieb er stehen und hielt den Atem an. Er konnte nicht mehr unterscheiden, ob das Schreien in seinem Kopf war oder außerhalb, mit zugehaltenen Ohren schrie es weiter, schrie es lauter, schrie es mehr. Er rannte über die Iaxt und aus der Stadt hinaus, die Landstraße hinab, in den Wald hinein. Er lief und lief. Keine Stille, keine Ruhe. Gestrüpp stellte sich ihm entgegen, versperrte ihm den Weg. Er überwältigte sie alle. Und auf einmal konnte er nicht mehr weiter, hatte sich müde und leer gekämpft. Er sah sich um.

Kein Busch, kein Baum kam ihm bekannt vor. Sein Blick schwebte über den Boden dahin auf der Suche nach einem Wildwechsel, den er nicht fand. Nicht weit von ihm entfernt, unter einer Gruppe junger Holdersträucher, leuchtete etwas Helles. Er trat näher hinzu. Es bewegte sich nicht. Für eine Blume war es zu starr, für einen Pilz war es zu groß, für ein Tier war es zu tot. Caspar ahnte, was es war, schlich näher. Ihm wurde schlecht. Roch es hier nicht auch seltsam? Er schnüffelte. Ätzende Übelkeit zwang ihm Sauermilch und Brotstücke aus dem Hals. Da. Das Ding hatte sich bewegt. Mit den Fingern gewunken. Er würgte und spie. Noch während er sich übergab, rannte er los. Egal, wohin, nur weg.

Er hörte wieder Karolins singende Stimme, damals im Sommer, als sie sich zum ersten Mal begegnet waren. Kein Zweifel. Das war die Hand der Jungfrau. Der Untoten. Caspar sah wieder Karolins hellbraune Augen unter den schweren Brauen, hörte ihr Lachen, dann ihr Schluchzen. Er wollte zurück, lief umher, bis es dunkel wurde, fand irgendwann erschöpft auf die Straße, hielt einen Bauern mit seinem Karren an, der ihn mitnahm und vor dem Stadttor absetzte.

Resi stand allein in der Küche und rührte in den Töpfen. Karolin war, bis auf ein singendes Heulen, das in großen Abständen aus dem Keller drang, verstummt. Ein kleiner Wind rüttelte an der Tür, die in den Keller hinabführte. Caspar drängte sich an die alte Frau, schlang seine Arme um ihren dünnen Bauch, schob vorsichtig eine Hand unter ihre Schürze, doch sie kam ihm zuvor, holte den Schlüsselbund unter der Schürze hervor, legte ihn in Caspars dreckige Hand und wandte sich wieder den brodelnden Flüssigkeiten zu. Caspar lief auf Zehenspitzen in den Keller und schloss die Tür auf. Karolin konnte nur noch flüstern. In der Dunkelheit sah er ihre Augen nicht, nur die dunklen Höhlen, blind wie die eines Totenschädels. Als sie an ihm vorbei die Treppe hinaufeilen wollte, packte er einen der Schöße ihres abgetragenen Männerrocks, brachte sie zum Stehen und bedeutete ihr, sich hinter ihm zu halten. Die Tür zur Schankstube stand offen. Kreszenz bediente die ersten Gäste. Caspar schob Karolin vor sich her in die Küche, gab Resi den Schlüssel zurück und huschte mit dem Mädchen durch die Hintertür hinaus in die Nacht.

17

Sie gingen eilig durch die Stadt. Caspar schien es, als hätte Karolin ein Ziel. Sie versuchte zu rennen, hielt sich den Kopf, taumelte ein wenig, als sie die Spitalgaß hinaufeilte, bog links ab in eine der engen Stichgassen und gelangte zum Marktplatz vor der Stiftskirche. Vor einem der Patrizierhäuser, die den Marktplatz umstanden, blieb sie stehen und sah sich um. Außer ihnen beiden war kein Mensch zu sehen. Das Mädchen eilte die Treppe hinauf und drückte sich in den Hauseingang. Dann klopfte sie und wartete zitternd. Caspar drückte sich neben sie. Die schwere Tür wurde geöffnet, schwaches Licht fiel auf die Vortreppe. Karolin schob sich an Caspar vorbei und betrat allein das Haus.

Caspar setzte sich auf die Treppe und wartete. Kein Geräusch drang aus dem Haus. Ein kürbisfarbener Mond zog in die Höhe und bleichte zum Apfelschnitz aus. Der Mesner trat aus der Sakristei auf den Marktplatz, Caspar presste sich wieder in den Schatten der Wand. Doch der Kirchendiener hatte ihn nicht bemerkt und schlurfte Richtung Schlossvorstadt davon. Der Junge blieb sicherheitshalber an der Wand stehen. Es begann zu regnen.

Gerade als Caspar überlegte, ob er anklopfen und nach Karolin fragen sollte, öffnete sich die Tür, und das Mädchen stolperte heraus. Sie fuchtelte, griff tastend ins Leere, stürzte Kopf voran die Treppe hinab, schlug auf, rollte aus. Die Tür wurde mit einem dumpfen Laut geschlossen, Karolin lag da und rührte sich nicht. Sie hatte die Augen zu und den Kopf zur Seite gedreht. Nur die kleine Wunde an ihrer Stirn, aus der wieder ein feiner Faden Blut rann, schien zu leben. Caspar rüttelte das Mädchen an der Schulter, sie blieb reglos. Er schüttelte sie heftiger, da öffnete sie die Augen, doch sie erkannte ihn nicht.

Caspar sah sich um. Kein Mensch auf der Straße. Es regnete stärker. Er brachte das Mädchen in eine halb sitzende Position, hielt sie in seinen Armen und redete leise auf sie ein. Auf einmal bewegte sie sich, fasste sich zwischen die Beine, «Ich habe mich nass gemacht», senkte das Gesicht, dass er ihre Augen nicht sehen konnte. Er tat, als hätte er nichts gehört, blickte an der Außenwand des erleuchteten Hauses empor und bemerkte nun die schmale Männergestalt am Fenster, die sich halb im Zimmer, halb hinter den Vorhängen verborgen hielt und die Kinder beobachtete. Caspar erkannte einen Mann mit schütterem Haar, doch nicht alt. Er hob eine Hand an den Mund, die Spitzenmanschette fiel zurück, entblößte fein gepflegte Finger, woraufhin er sich rasch abwandte und im hinteren Teil des Raums verschwand. Caspar sah den Rücken des Mannes, bekleidet mit einer gelblichen Weste.

«Komm, wir müssen hier weg.» Caspar zog Karolin in die Höhe und hinter sich her über den Marktplatz, am Jesuitenkolleg vorbei, zum Stadttor und weiter hinaus. Karolin entwand sich seinem fürsorglichen Griff, raffte die

Röcke und versuchte zu rennen. Langsam zuerst, dann immer schneller. Caspar sah ihre dunklen Schuhe hervorschnellen und verschwinden, hervorschnellen und verschwinden, einander in flinker Hast abwechseln, und fühlte sich getröstet durch das Gleichmaß und die Lebendigkeit dieser Bewegung. Dazu erklang ein helles Klingeln. Das Mädchen übertönte es, indem es zu schreien begann. Heiser, dennoch laut. Das ging in ein Gelächter über, in ein Keuchen ohne Inhalt, ohne Worte. Caspar ließ sich zurückfallen. Er wäre gern umgekehrt. Doch die Neugier, zu erfahren, was Karolin in dem Haus gemacht und nun weiter vorhatte, trieb ihn voran.

18

Regen tropfte vom Eingang der Höhle herab. Sie krochen in die hinterste Ecke. Dorthin, wo die Kiste stand, wo das Mooslager war, wo die Decken, die Feuerstelle und vollständige Dunkelheit waren. Caspar hörte ein Klopfen auf dem Holzboden der Kiste und das Klingeln von Münzen. Wieder. Noch einmal. Er zündete einen Kerzenstummel an und sah, wie Karolin ihre Taschen leerte. Ihr Schatten sprang als schwarzes Ungetüm über die Wände. Noch eine und noch eine Hand voll schwerer Münzen warf das Mädchen in die Kiste.

Dann trat sie zu Caspar und versuchte, in seine Hosentaschen zu greifen. «Gib den Beutel wieder her.»

Er schob sie von sich, zog das Ledersäckchen hervor und gab es ihr. Sie holte die Scheine heraus, fächerte sie auf, strich sie mit zärtlichen Handbewegungen glatt, verstaute sie zuunterst in der Kiste.

«Wer hat dir so viel Geld gegeben? Was hast du getan?»

Karolin antwortete nicht. Sie wickelte sie sich in ein Schaffell, kauerte sich vor die Feuerstelle und hielt die Hände über die Asche, als könne sie sich daran wärmen. Caspar setzte sich ihr gegenüber, klebte die Kerze auf einen Stein, nahm einen Stecken und begann, in der Asche zu stochern. Weißer Staub flog auf.

«Ich geh allein weg. Nicht mit dir. Es ist vorbei», sagte Karolin. Ihr Gesicht blieb unbeweglich, starr glotzten ihre Augen in die Asche.

«Du hast es aber versprochen, du hast es geschworen, wir haben es beide geschworen.» Caspar ging der Atem aus. Er musste die beiden letzten Wörter herauspressen, bevor er keuchend Luft holte.

«Ein Schwur gilt nichts, wenn ein Verräter wie du ihn geleistet hat.»

Caspar schwieg. Er wusste nicht, wovon sie sprach.

«Du hast mich bei meiner Mutter verraten», fuhr sie fort. «Du hast ihr gesagt, dass ich die Geheimnisse der Leute kenne und dafür, dass ich schweige, Geld von ihnen bekomme. Sie hat es herausgefunden und mich eingesperrt. Das ist nicht schlimm. Das ist nicht mehr schlimm. Du aber hast mich verraten, das ist schlimm, und mit einem Verräter kann ich nicht weggehen. Ich werde alleine weitermachen. Dich will ich nie wieder sehen.»

Ein dünner Rauchfaden stieg aus dem Aschehaufen. Caspar legte zwei dürre Zweiglein darauf, kniete nieder, fast berührte seine Wange den Boden, und blies in einem langsamen dünnen Strahl hinein. Eine kleine Flamme erhob sich, knickte jedoch gleich wieder ein.

«Aber ich bin es doch gewesen, der dich befreit hat, aus dem Keller.»

«Ja. Weil du ein schlechtes Gewissen hattest. Weil du Angst hattest. Weil du wusstest, dass ich weiß, dass du mich verraten hast.» Sie zog mit einem schnarchenden Laut die Luft durch die Nase und spuckte ihren Auswurf in die Glut, dass sie zischend erlosch. «Du bist nicht nur ein Verräter. Du bist ein Feigling.»

Caspars Gedanken sprangen wild durcheinander. «Was weißt du über den Amtmann? Wofür hat er dir so viel Geld gegeben?» Er rechnete nicht mit einer offenen Antwort, wollte auch nur etwas Zeit gewinnen.

«Oh, Liebster, ich umwehe dich, ich trinke deines Atems Schwüle.» Karolin säuselte, stützte das Kinn in die Hand und ließ die Augäpfel rollen. «Der Amtmann hat die Frauen nicht gern. Verstehst du, er ist mit Männern verliebt.»

Caspar sah sie entgeistert an. Was war das, was hatte sie gesagt, wie war das möglich?

«Was solls. Davon hast du doch keine Ahnung.» Karolin zog die Decke enger um sich und starrte ins Feuer.

Caspar beschloss, dass das einfach nicht wahr war. Es war eine von Karolins Geschichten. Er konnte ihr nicht glauben. Nicht mehr.

19

Tags darauf sprengte ein Reiter um die Mittagszeit durch den Regen, sprang vor dem Schwanenwirtshaus aus dem Sattel und federnd auf die Erde. In der Stube nahm er Dreispitz und Pelerine ab, setzte sich an einen Tisch und rieb die Hände. Caspar duckte sich hinter den Ofen. Das gelichtete Haar, der Spitzenärmel, das gelbe Wams. Er hatte ihn gleich erkannt.

«Frau Wirtin, komm sie her.»

Was für ein aufgeblasener Ziegenbock. Die Kreszenz

eilte herbei und fragte nach den Wünschen. Als der Amtmann seinen Wein bekommen hatte, befahl er ihr, sich zu ihm zu setzen. Kreszenz klemmte sich auf die Kante eines Hockers. Der Amtmann zog einen Brief aus der Tasche, hüstelte, faltete das knackende Papier auseinander, hüstelte wieder, las vor:

«*Hochwohlgebohrner Herr! Insonders Hochgeehrtester Herr Hof Kammerrath. Ich bitte gehorsamst um Vergebung daß ich Ihnen nachmahl überlästig bin da meine Frau vor etlich Wochen bei Ihne war wegen dem Kind das von dem Michael Schwartz da ist aus Exenheim.*» Caspar betrachtete den Amtmann und dachte an Karolins Worte. Alles ausgedacht! Sie hatte das alles erfunden. Da fuhr der Amtmann fort:

«*ich hab sie vor ohngefähr 3 Viertel Jahr geheurathet aber nicht mit dem bedingung, daß ich den Buben wo von dem Schwartz da ist aufziegen muss das kann man mir nicht zumuthen einem Menschen wo Vermögen hat sein Kind aufzuziehen denn ich hab ihm selbst schon 3 mahl geschrieben, wenn er sich zu gar nichts verstehen will so bin ich gezwungen sein Kind selbst nach Exenheim zu führen denn meine Frau hat ihn weit genug aufgefzogen als eine wittib wo noch große schulden hat. Sollte man mir ein Stück Geld von 300 Gulden geben.* Und so weiter und so weiter.*»

Der Amtmann drehte das Blatt um, las, nahm es nah vor die Augen, bewegte die Lippen, runzelte die Brauen, genoss die Ungeduld der Kreszenz, die ihr Gewicht auf dem Hocker von einer Backe auf die andere verlagerte und wieder zurück. Einen Mann lieben. Wie sollte das gehen. Caspar wollte nicht wissen, was Bröm weiter verkündete, doch konnte er nicht weg. Schon erhob der Amtmann die Stimme erneut und las auf der Rückseite des Schreibens weiter.

«Sollte man mir ein Stück Geld von 300 Gulden geben so zieh ich das Kind auf nach meiner Religion weil ich auch katholisch bin als wie sein Vatter und lass ihn ein Handwerk lernen mehr kann ich nicht tun und da hab ich kein Profit. Solten Sie aber das Kind selbst versorgen und sie brauchten den Taufschein den hab ich bei der Hand ich und meine Frau bitten Euer Hochwohlgebohren sie möchten die Gnad haben und uns wieder berichten was sie gesonnen seyn wollen sie mir die 300 Gulden geben so hol ich das Kind gleich wieder ab aber sonst kan man mirs nicht zumuthen wir bleiben wirklich in Anspach ich bin ein Anspacher und bekomm auch Brod darin wan also Euer Wohlgebohren uns schreiben so schicken sie den Brief nacher Anspach und draufgesetzt auf der bost selbst abzuholen. Ich recommandire mich in Ihre Wohlgewogenheit und bin

Ergebenster Diener Johann A. Sauer, Porzlanfabrikant»

Der Amtmann verstummte, ließ das Papier sinken und sah die Wirtin an. Diese hielt seinem Blick stand und schwieg. Jetzt erst drang der Inhalt von Bröms Worten durch den Schleier der Phantasien in Caspars Kopf, und er verstand, dass von ihm die Rede gewesen war. Vorsichtig zog er sich weiter zurück und drückte sich hinter den Ofen. Da schepperte etwas. Der Mann und die Frau am Tisch wandten die Köpfe in seine Richtung. Auf dem Boden rollte ein Kerzenständer schaukelnd hin und her. Kreszenz erhob sich und kam auf Caspar zu. Er sah die prall gespannte Haut ihrer geschwollenen Füße in den ausgetretenen Schuhen. Sie bückte sich und hob den Kerzenständer auf, sah unter die Ofenbank und entdeckte ihn.

«Die Katze», murmelte sie. «Dummes Vieh!» Dann wandte sie sich wieder dem Amtmann zu, der inzwischen auch aufgestanden und neugierig näher gekommen war.

«Euer Hochwohlgeboren, darf ich Sie zur Tür geleiten?»
Der Amtmann öffnete den Mund zum Widerspruch, doch
sie hatte ihn schon am Arm gepackt und drängte ihn zum
Ausgang. Unter der Tür redeten die beiden mit gedämpf-
ten Stimmen weiter, ohne dass Caspar sie verstand. Die
Sätze sprangen in schneller Folge zwischen ihnen hin und
her. Kreszenz schüttelte heftig den Kopf, rieb dann Daumen und Zeigefinger aufeinander, um ihrer Forderung
nach Geld aus dem Vermögen von Caspars Vater Nach-
druck zu verleihen, was der Amtmann ignorierte, indem
er weiter auf sie einredete und schließlich mehrmals die
Hand wie ein Beil herabsausen ließ. Die Wirtin holte Luft,
um fortzufahren, doch der Amtmann drehte den Kopf ab,
hob die Hand zum Gruß und wollte gehen. Nun hielt ihn
die Wirtin am Ärmel fest. So traten sie gemeinsam durch
die Türfüllung, waren kaum draußen, als der Junge aus seinem Versteck und die Treppen hinab in den Keller huschte,
wo er sich zwischen die Hurden setzte.

20

Anspach. Das Wort zerbrach in seinem Kopf in zwei
Stücke. Ein knöcherner Laut, wie das Brechen eines irde-
nen Tellers. Ans-pach. Er flüsterte es vor sich hin. Anspach. Dann sah er alles deutlich vor sich. An einem heißen
Sommerabend wankte ein seltsames Paar müde und ver-
dreckt durch das Stadttor. Der Sauer. Man erinnert sich
kaum an ihn, so lange war er unterwegs gewesen. Seht,
wie er die Beine wirft. Wen hat er bei sich. Eine Frau mit
aufgelösten Haaren und hängenden Schultern, einen kleinen Jungen an der Hand. Einen mit struppigen Haaren. Einen genau wie ihn. Er behauchte die Kellerluft vor seinen

Augen, und das Bild von ihm, das doch nur vor seinem inneren Auge stand, löste sich auf wie Eisblumen am Fenster. Seine Mama blieb stehen und sah sich um, der Junge war weg, zog nun weiter, dem Sauer nach, der ungeduldig nach ihr rief. Sie bemerkte die Leute nicht, die stehen geblieben waren, um sie zu betrachten.

Anspach. Da sitzt sie nun. Auf gepolsterten Stühlen, trägt raschelnde Röcke, es ist ein früher Herbsttag. Der Sauer tritt ins Zimmer und spricht mit gepresster Stimme. Caspar versteht jedes einzelne Wort.

«Du kannst wie eine Dame leben, Paula. Ein Haus mit Obstgarten. Dienstmädchen, schöne Kleider, Schmuck, gute Schulen, vielleicht einen Hauslehrer für die Kinder.»

«Welche Kinder?», hört Caspar sie fragen.

«Unsere Kinder, Paula. Deine und meine. Du wirst sehen, das wird schon noch.» Er tritt hinter sie, legt seine Hand auf ihr Kleid an der Stelle, wo der Bauch ist, lässt sie, die Fingerspitzen voran, abwärts gleiten. Langsam. Sie sitzt unbewegt, schiebt dann seine Hand weg, steht auf und geht aus dem Zimmer.

«Mama.» Caspars Stimme klang in seinen Ohren, als käme sie von außen. In ihm drin war es ganz ruhig. Doch auch im Keller war es sehr still. Dämmerlicht fiel durch die Ritzen der Einschüttluke in den Keller, fiel auf die Kartoffelhurden, fiel auf das Fass, auf dem er saß.

Unter der Tür dreht die Mutter sich um und lässt ein kleines Lächeln vom Mundwinkel zum Augenwinkel wandern. Es ist alles wirklich. Es ist alles da. Nur er, Caspar, ein Nebelwesen, verändert seine Form, zieht leise davon, löst sich auf, verliert sich und verschwindet wie die Wolken im Sonnenlicht. Jetzt ist alles, alles schön.

Das Dämmerlicht versickerte. Dunkelheit legte sich auf

die Säcke, Fässer, Krüge, Kisten und den Jungen dazwischen. Er hörte ein Atmen. Karolin war gekommen.

«Wo bist du?», rief er gedämpft. Da fühlte er sie neben sich sitzen. Sie schlang die Arme um ihn und presste ihren leichten Körper an seinen.

«Ich habe dich nicht verraten.» Er sagte es sehr leise.

«Ich weiß.» Sie löste sich ein wenig ab. «Der mit dem schwarzen Gesicht wars. Ich habe ihn beobachtet.»

«Warum hat er das getan?»

Sie sah ihn prüfend an und antwortete: «Das kann ich dir nicht sagen. Bist noch zu klein dafür. Kleiner Hemedlenzer.» Sie zupfte an den Zipfeln, die unter seinem Wams hervorschauten, tätschelte dann ein wenig seine Wange. Schäumend kochte die Wut hinter seinen Augäpfeln auf.

«Lass mich in Ruhe! Ich gehe allein weg. Ich weiß, wo meine Mama lebt, und da geh ich hin. Dich brauch ich gar nicht!»

«Mama, Mama», äffte das Mädchen leise. Er warf sie zu Boden, schlug mit kratzenden Fingern nach ihr, sie wand sich unter ihm heraus, konnte es nicht lassen, «Mama, Mama». Caspar stieß sie von sich und huschte weg. Auf der Treppe drehte er sich um, ging zurück, sah sie an und sah sie wieder zum ersten Mal. Nein, zum letzten Mal. Er war kalt und sehr weit weg. Er wandte sich ab, schloss die Kellertür und drehte den Schlüssel, der wieder im Schloss steckte, um. Wieder war Karolin gefangen. Sie schrie und hämmerte an die Tür. Caspar lief zur Stadt hinaus und durch den Wald bis zur Höhle. Dort stürzte er zur Holzkiste, grub in ihr nach dem Geldsäckchen, dem Bündel mit Scheinen, den einzelnen Münzen, und häufte alles auf einen löchrigen Fetzen Stoff. Er verknotete jeweils zwei der vier Ecken über Kreuz, wog den so entstandenen Sack in beiden Händen, zündete ein Talglicht an, straffte die Schultern und fasste Mut. Langsam schob er sich durch den Spalt in der hinteren Höhlenwand, weiter und weiter, bis er in den niedrigen Raum dahinter kam, der ganz kalt und feucht war. Wie beim ersten Mal hörte er auch jetzt ein Schmatzen und Schaben, doch überwand er seine Furcht und tastete, nach einer Vertiefung suchend, die Wände ab. Schließlich fand er eine Öffnung von der Größe zweier Männerfäuste, in die er das Stoffpaket hineinschob, so weit sein Kinderarm reichte. Dann versteckte er auch das Messer aus Resis Küche und füllte Steine in das Loch, bis von beidem nichts mehr zu sehen war. Dann schlich er zurück, entfachte das Feuer und sah den Flammen zu, wie sie tanzten.

21

Am selben Novembertag des Jahres 1781, fünf Monate nachdem Caspar im Schwanenwirtshaus ausgesetzt worden war, öffnete sich im Schloss ob Exenheim eine Tür, ein Aufschrei war zu hören und eine füllige Frau warf sich mit raschelnden Röcken und ächzendem Mieder neben dem Amtmann Bröm, der reglos unter seinem Schreibtisch lag, zu Boden. Bräunlich matte Haarsträhnen quollen unter seiner verrutschten Perücke hervor, die Augenlider zuckten, dem geöffneten Mund entströmte der Geruch feuchter Gewürznelken, überlagert von der stechenden Fäulnis einer verrottenden Rachenmandel. Noch während die ältere Dame an Bröms Seite in Stammeleien verfiel, wiederholt ein Tüchlein an ihre Augen drückte und den Handrücken an die Stirn legte, begann sie, die Papiere, die Bröm bei seinem Sturz zu Boden gerissen hatte, einzusammeln, und da niemand kam, um ihrer Darbietung zu huldigen, betrachtete sie einzelne von ihnen genauer, begann schließlich zu lesen.

Nachdeme vom Ammanamt sub 23ten hujus glaubwürdig dargethan worden, daß Michael Schwartz von Exenheim, der sich dermalen in der Schweiz aufhaltet, der Vater von dem hier von seiner Mutter hinweggelegten unehelichen Knabens sey, und diesem als praesumptiven Vater die Verpflegung desselben vor dem Fisco oder sonst jemandem anderen zustehet, So wird dem Ammannamt auf getragen, den Knaben auf Kosten des Schwartzs entweder zu Exenheim, oder anderwärtig bey christlichen Leuten jedoch mit aller Menage zu unterbringen, und das sich hier befindliche Schwartzische Vermögen mit Beschlag zu belegen, und einsweilen davon soviel gegen Quittung zu begehren, als zu des Knaben Unterhalt erforderlich ist. Decretum den 3. Nov. 1781

«Mama!»

Die Frau schreckte zusammen, legte die Blätter auf den Tisch und wandte sich ihrem Sohn zu, dem Amtmann, der sie jedoch, nachdem er sich ermannt, erhoben, Perücke und Kleider geordnet hatte, mit barscher Stimme fortschickte. Das Versprechen, das er ihr zuvor abgenötigt hatte, Stillschweigen zu bewahren über den Inhalt des hofrätlichen Dekrets, bedeutete ihr allerdings wenig, denn als rechte Christenfrau nahm sie bereits seit Monaten lebhaften Anteil am Schicksal des bedauernswerten Knäbleins, weshalb sie nicht umhinkonnte, diese Angelegenheit mit ihrer Freundin, der Gräfin Wollwirth, zu besprechen, welche wiederum der Vorsteherin des Karmelitinnenklosters davon berichtete, die dies ihrerseits mit dem Pfarrer von St. Veit erörterte, welcher sich verpflichtet sah, den Rat der Stiftsherren zu unterrichten, genauer deren ältestes

Mitglied, den Dreyer, der gern dem Wein zusprach und allabendlich im Kronenwirtshaus zu finden war, von wo die Kunde vom Schwartz'schen Vermögen, das mittlerweile sagenhafte Ausmaße angenommen hatte, sich unaufhaltsam weiter über die Stadt verbreitete und die Frage aufwarf, wer der Nutznießer dieses Vermögens werden würde.

22

Karolin kroch zu Caspar auf den Strohsack, schlang ihre kühlen Glieder um ihn, blies in sein Ohr, kitzelte ihn wach. Er erstarrte. Dann wand er sich aus ihren Händen und dem Bett, sprang in seine Kleider, polterte die Treppen hinab, stürmte auf der Suche nach einem Kanten Brot in die Küche, schnappte sich einen Apfel und rannte hinaus in die regenhellen Gassen. Der Matsch spritzte hoch bis auf sein Hemd. Eine gellende Frauenstimme wollte ihn aufhalten.

«Meine Mutter», keuchte Karolin hinter ihm und zog ihn am Ärmel mit sich. «Wenn die was von mir will, muss sie mich holen.»

Kreszenz schrillte seinen Namen. Immer wieder. Caspar schüttelte Karolin ab, huschte in einen Innenhof und hinter ein Fuhrwerk. Mit einer Hand bedeckte er seinen zuckenden Mund. Karolin drückte sich zu ihm und kicherte leise. Caspar wich zurück, sodass sie ihn nicht mehr berührte. Er wartete ab, bis Kreszenz verstummt war, und sprang davon. Doch kaum auf der Straße, stand die Schwanenwirtin vor ihnen, packte jedes der Kinder am Oberarm und schleppte sie zurück in die Wirtschaft. Sie wies Caspar auf eine Bank und schickte Karolin zur Putzmacherin, um ihren neuen Hut abzuholen. Das Mädchen drehte die Augen zur Decke, wandte sich dann ab und verschwand. Caspar sah aus dem Fenster, wie ihr schmaler Rücken zwischen den Menschen verschwand. Er faltete die Hände, sah vor sich auf die Tischplatte und wartete. Lange Zeit später rasselte ein Fuhrwerk heran. Eine barsche Stimme brachte die Pferde vor dem Schwanenwirtshaus zum Stehen. Schwere Schritte. Dann trat ein grober Mann ein, setzte sich an Caspars Tisch und musterte ihn. Caspar kannte diesen Mann, doch er erinnerte sich nicht, woher.

«Hol deine Sachen.»

Caspar fragte sich, was dieser Mann ihm zu befehlen hätte, war froh um einen Vorwand, wegzukommen, und witschte hinaus. Suchend sah er sich um. Resi war nicht da. Er vermutete sie in der Kirche. Kreszenz stand am Herd und machte eine Kopfbewegung zur Treppe hin. Also ging er nach oben, räumte seine Habseligkeiten zusammen und ging mit seinem Bündel zurück in die Gaststube. Auf dem Tisch lagen ein paar Münzen. Draußen schnaubten die Pferde. Caspar trat vor die Tür. Der Mann saß bereits wieder auf dem Kutschbock und winkte den Jungen zu sich. Caspar starrte auf seine Füße und drückte mit verschränkten Armen sein Bündel an die Brust.

«Nun geh schon.» Die Wirtin war hinter ihn getreten. Sie sprach mit ungewohnt sanfter Stimme und gab ihm einen Klaps auf den Hinterkopf. Caspar stieg auf, der Mann ließ die Pferde antraben, sie schüttelten die Hälse und setzten sich in Bewegung.

23

Sie verließen rasch die Stadt, fuhren durch Wälder, lange Zeit. War das die Straße nach Ludwigsburg? Caspar versuchte sich zu erinnern. Es war doch noch nicht lange her, dass er hier mit der Mutter und dem Sauer gegangen war. Es war im Sommer gewesen. War es erst in diesem Sommer gewesen? Er legte den Kopf in den Nacken. Über ihm berührten sich die Zweige der Bäume, betasteten einander. Blätter lösten sich und taumelten auf ihn herab. Ab und zu tropfte es in sein Gesicht. Der Wagen schüttelte über Landstraßen und Waldwege. Stundenlang. Caspar spürte sein Hinterteil nicht mehr. Dunkles Grün. Nadelwald. Sie holperten einen Hügel hinab, einem Wiesental zu, in dem ein Weiler hockte. Zwei, drei Bauernhäuser dicht beieinander, Ställe, Scheunen. Ein Hahn krähte. Kein Mensch war zu sehen. Der Mann brachte das Fuhrwerk vor dem größten der Bauernhäuser zum Stehen und schrie ein paar Namen in die kalte Nachmittagsluft. Nichts geschah. Der Mann kniffelte an seinem Daumennagel herum. An der linken Hand fehlten ihm zwei halbe Finger. Mittelfinger und Ringfinger waren Stümpfe und erinnerten Caspar an die abgebrochenen Zinken von einem Kamm.

Endlich öffnete sich die Haustür, und eine schlanke schwarzhaarige Frau mit Schatten im Gesicht trat aus dem Haus. Caspar hatte sie schon einmal gesehen. Sie war die Frau, die er mit Kreszenz an ihrem Marktstand besucht hatte. Hinter ihr standen ein paar Kinder, alle älter als er. Mit eiskalten Füßen kletterte er vom Wagen und folgte der Frau ins Haus. Er spähte in der Dunkelheit des Hausflurs umher und versuchte, etwas zu erkennen. Nur langsam stiegen vor seinem Auge dunkle Truhen auf, dann eine Holztreppe, die nach oben führte, und rechter Hand eine schwere Tür mit geschwungener Klinke. Die Frau öffnete sie und trat hindurch. Licht fiel vor Caspars Füße. Er folgte der Bäuerin in die Küche, wo sie ihn auf eine Eckbank wies. Er faltete die Hände unter dem Tisch, starrte herum. Kupferpfannen. Blitzende Bestecke. War das alles Silber? Glitzernde Gläser. Die kleinen Fensterscheiben warfen sonnige Flecken auf den Tisch. Er nahm die Hände hoch und legte sie da hinein. Von draußen hörte er den Tritt der Pferde, das Rasseln des Karrens, sich entfernende Rufe der älteren Kinder, die ausschirren mussten. Ruhelos ging die Frau auf und ab, stellte ein Wasserglas vor ihn hin, Sonne glitzerte darin. Caspar sah auf und lächelte. Ihre schwarzgrauen Augen sprenkelten goldene Tupfen. Hinter den Tupfen stand eine Wand, an der sein Lächeln abprallte. Sie wandte sich ab, trat zum Herd, schob Töpfe, schäffelte rum. Da sprang die Tür auf, und der Bauer trat ein. Die beiden sahen ihn an. Er öffnete den Mund, schloss ihn, sah die Frau an, ohne Caspar zu beachten, hob den Arm gegen sie, ließ ihn wieder sinken, drehte sich weg, verließ den Raum und warf die Tür hinter sich zu.

Kurze Zeit darauf wurde gegessen. Einer nach dem anderen hatte die Küche betreten, seinen Löffel vom Brett an der Wand genommen, wo viele in Lederschlaufen beieinander hingen, und setzte sich. Tischordnung. Der Bauer, der Großknecht, der Knecht, der älteste Sohn, der zweite Sohn, die Bäuerin, die Magd, die Milchmagd, die Tochter, die kleinen Kinder und Caspar. Links von ihm ein magerer halbwüchsiger Junge, rechts neben ihm der kleine Lockenkopf, auch er älter als Caspar. Tischgebet. Stummes Löffeln. Schmatzen. Die Bäuerin aß nicht. Der Bauer machte grunzende Laute. Caspar, der dem breitschultrigen Mann gegenübersaß, versuchte, in seinem Gesicht zu lesen, bis dieser aufsah und ihn lange musterte. Caspar sah mit festem Blick zurück. Keine seiner Wimpern zuckte.

«Jetzt guck mal diesen Bankert an.» Der Bauer ließ seine Worte verhallen.

Caspar senkte die Augen auf seinen Löffel. Darum ging es. Wieder einmal. Doch er irrte sich.

«Ganz der Michel», fuhr der Bauer fort.

«Jaja.» Schnell, fast tonlos und mit fliegender Stimme antwortete die Frau.

«Diese Ähnlichkeit», sagte der Bauer. Die Frau knäuelte ihre Hände ineinander. «Sieh ihn dir an. Schau da hin!» Der Bauer packte ihr Kinn und zwang sie, den Blick zu heben. Ihre Augen drehten nach rechts unten ab. «Und nun dein Jüngster daneben. Schau ihn dir an.» Das Gesinde hielt den Atem an. Mit gepresster Stimme sprach der Mann weiter. «Wann hast du ihn geboren?»

«Martin.» Die Stimme der Frau war kaum zu hören. «Am Martinstag.»

«Sieh sie dir an, wie sie da beieinander sitzen. Einträchtig. Brüder könnten das sein. Stimmt's?» Dann, als die Frau nicht antwortete. «Sind sie auch, nicht wahr?» Er schrie jetzt. Die Frau blieb stumm. Der Bauer wandte sich an die Tischrunde. «Es war kurz nach Neujahr. Ich war am Kalten Markt. Du musstest zu Hause bleiben. Krank angeblich. Weiberleiden. Angeblich. Und der Michel, sagt der Keip, war nicht in der Fabrique damals. Ja, sicher, der hat hier nach den Winterstürmen das Brennholz für die Fabrique geholt – und wie es scheint, was anderes dagelassen. Verschwindet daraufhin auf Nimmerwiedersehen. Und ich hab mich noch gewundert, wie du so anhänglich warst, als ich vom Markt zurückkam. Dachte schon, der Frühling kommt.» Er zeigte auf den Lockenkopf, fuhr fort. «Und im November drauf bringst du mir dieses Kind auf die Welt. Reingelegt hast du mich, du Stück.» Zum zweiten Mal schon versuchte der Großknecht, sich von der Bank hochzustemmen, doch der Bauer legte ihm die Hand auf die Schulter, drückte ihn zurück, starrte Caspar in die Augen. Diesmal senkte der Junge den Blick nicht. «Diesen Bastard will ich nicht mehr an meinem Tisch sehen.» Worauf er verstummte und die Hände zum Gebet faltete. Alle senkten die Köpfe, murmelten ihrem Schöpfer Dank und verließen schweigend den Tisch.

24

Caspar blieb unschlüssig stehen. Jeder ging seiner Wege, keiner scherte sich um ihn.

«Jockel», schrie der Bauer, und der hagere Junge kam wieder zurück.

«Vater?»

«Nimm den Bankert mit.» Caspar und Jockel maßen sich mit Blicken. Dann machte der Hagere einen Wink mit dem Kopf, und Caspar folgte ihm hinaus. Er hörte Singen und gleichmäßiges Schlagen. Es wurde lauter, je näher sie zur Scheune kamen. Jockel schlüpfte durch ein Tor in die Tenne, wo die Männer im Kreis stehend das Getreide droschen.

Der Großknecht bestimmte Rhythmus und Tempo der Schläge. Reihum ließen die Männer die Dreschflegel auf die Garben sausen. Die Halme hüpften. Um nicht aus dem Takt zu kommen, sangen sie eintönig und freudlos vor sich hin. Jockel nahm eine Schaufel von der Wand. Caspar tat es ihm gleich und folgte ihm in den Hof, wo das Korn in großen Haufen auf Tüchern lag. Jockel, Caspar und zwei andere Jungen begannen nun ebenfalls, im Kreis stehend, das Korn auf die Schaufeln zu laden und hoch zu werfen. Die Luft fuhr durch die Körner und trennte Spreu und Gerste. Spelzen, Staub und Ungeziefer flogen auf und davon. In langen schlierigen Staubwolken machte sich alles Unnütze auf den Weg in den Himmel. Caspar sah die leeren Hülsen fliegen, sie taumelten und zitterten, sie flatterten und zögerten, als sei ihnen ihr Glück in Luft und Freiheit unheimlich. Als seien sie überrascht und wüssten nichts mit sich anzufangen. Doch dann ließen sie sich packen vom Wind, trieben mit dem Luftzug davon, verschwanden im Novemberhimmel. Caspar hustete. Er sah sich um. Die anderen arbeiteten mit gesenktem Blick. Sie knirschten mit den Zähnen, malmten Staub und Schimpfworte. Jockel machte eine Bewegung mit dem Kopf, die ihm sagte, er solle weiterarbeiten.

Sie worfelten, bis es dunkel wurde, gingen dann in die Küche, wo es Kraut und Mehlsuppe gab. Als Caspar am Tisch sitzen wollte, öffnete einer stumm die Tür. Im Gang war es dunkel und kalt. Caspar wartete. Er musste weg hier, keine Frage. Er wischte sich in schnellen Bewegungen mehrmals mit den Handballen über die Haare. Wie sollte er es anstellen? Sie beteten, schlürften. Dann scharrten Füße über den Boden und Schritte näherten sich. Eine Hand öffnete die Tür, ließ einen Schwall Licht und warme Herdluft heraus, stellte ein Schälchen auf den Boden und verschwand wieder. Caspar hob es auf und trank es gierig leer. Gerne hätte er mehr gehabt, doch die Tür zur Küche blieb zu. Da setzte er das Schälchen ab, erhob sich, ging leise zur Eingangstür, schob den Riegel zurück und entwischte ins Freie. Er rannte in der rechten der beiden Fahrrinnen den Weg hinauf, den sie gekommen waren, hielt sich geduckt, huschte in schnellem Lauf, hielt inne und sah zurück. Keiner, der ihm folgte. Schneller rannte er weiter.

Er spürte, wie seine Beine warm wurden, wie seine Füße den holprigen Boden abtasteten, er fühlte sich unbesiegbar, er hatte keine Angst. Der Weg führte in den Wald hinein, und allmählich fand er seinen Tritt, ging gleichmäßig, nicht zu langsam, nicht zu schnell, durch die Dunkelheit. Ans-pach. War das Letzte, was er dachte, denn auf einmal traf ihn ein Schlag am Kopf, warf ihn nach hinten, warf ihn um. Finsternis.

Kettenklirren, Hufescharren, Schnaufen großer Leiber. Caspar lag im Stall vom Melcherhof und versuchte, den Kopf zu heben. Der Schädel einer Kuh stieg vor ihm auf und sank wieder ab. Caspar versuchte aufzustehen, kam auf die Knie, zog sich an einer hölzernen Stütze hoch, wankte zur Tür, wollte sie öffnen und wieder in die Nacht hinaus. Da stülpte sich sein Magen um. Er übergab sich, sank zu Boden, fiel wieder in Ohnmacht. Als er wieder aufwachte, war es heller Tag. Der Bauer stand neben ihm, stieß ihn in die Seite, zwang ihn hoch und an die Arbeit. Caspar ging zu den anderen, die bereits wieder worfelten. Er schwankte, doch er fiel nicht. Mehrmals rutschte ihm der Zipfel des Tuchs fast aus den Händen. Jockel trat unbemerkt von den anderen näher zu ihm, fasste das Tuch an seiner Seite und hielt es mit ihm gemeinsam.

Am Abend ging er in den Stall, grub sich ins Stroh, rollte sich zusammen und dachte darüber nach, wie er von hier fortkommen könnte und wie er es anstellen musste, dass die Flucht beim nächsten Versuch gelang. Morgens, wenn er wachgerüttelt wurde, war in seinem Kopf völlige Dunkelheit. Er machte sich an die Arbeit. Die anderen redeten nicht mit ihm. Caspar sah ihnen zu, ahmte nach, versuchte, alles richtig zu machen.

Er schuftete, und immer, immer dachte er an Flucht. Nachts, bevor der Schlaf ihn davontrug, dachte er an Flucht, und morgens, wenn er den warmen Armen der Nacht entrissen wurde, dachte er an Flucht. Wenn er arbeitete, dachte er daran, keinen Fehler zu machen, nicht aufzufallen. Doch sobald er die Hände sinken ließ, dachte er an Flucht. Wenn er auf dem Abtritt saß und seinen dampfenden Haufen fallen ließ, dachte er an Flucht. Wenn er draußen war, schweifte sein Blick über das Tal den Waldweg hinauf, den sie gekommen waren. Raureif krönte die aufgebrochenen Ackerschollen. Nebelfetzen rissen von seinem Mund. Anspach. Das Wort zerbrach in seinem Kopf in zwei Stücke, blieb liegen, und Caspar wusste nichts weiter damit anzufangen. Jemand schrie hinter ihm, trieb ihn an. Er nahm den Schweinekübel und trottete weiter. Er schaffte es nicht, einen brauchbaren Plan zu machen. Es war zu kalt, um ohne Proviant und ohne Decken draußen zu überleben. Solange er keinen Verbündeten fand, solange der Winter herrschte, blieb er hier gefangen. In der Zwischenzeit schichtete er Holz, wendete Heu, leerte die Latrine, schleppte Wasser, holte das Wintergemüse, schrubbte den Küchenboden. Er machte Hausarbeit, Stallarbeit, Gartenarbeit. Er machte alles, was man ihm sagte. Er arbeitete und redete nicht. Er wartete, dass die Zeit verging und der Tag der Flucht kam.

Dann endlich schmolz der Schnee und hinterließ einen feinen Frühlingsduft. So lange hatte er darauf gewartet, und nun ekelte ihn das süße Gewaber, das ihm die Brust zusammendrückte. Anspach. Er machte einen Plan. Die Tage wurden länger, die Arbeit wurde härter. Er wartete ab. Der Augenblick würde kommen, dessen war er sich sicher, und er würde die Gelegenheit ergreifen, ob er nun vorbereitet war oder nicht. Er konnte keinen Schritt ohne Aufsicht tun, hatte keine Möglichkeit, unbemerkt den Waldrand zu erreichen. Sie bewachten ihn verbissen und als hätten sie sich abgesprochen. Schickten sie ihn ins Haus, riefen sie ihn nach wenigen Minuten zurück, schickten sie ihn hinaus, beobachtete ihn immer einer durch ein Fenster und verfolgte jeden seiner Schritte.

25

Caspar gab nicht auf, und als sich längere Zeit keine Gelegenheit ergab, floh er ohne sie. Er rannte einfach weg, wurde eingefangen, sann wieder auf Flucht, lief davon, wurde wieder gefunden und verprügelt. War er da, behandelten sie ihn, als sei er nicht vorhanden. Er wusste, was zu tun war, und machte seine Arbeit. Wasser schleppen, Brennholz holen, Heu aus dem festgebackenen Stock kratzen, Bucheckern klauben, Laub rechen, Schlehen suchen, Hasen füttern. Der Bauer sah durch ihn hindurch. Die anderen gaben knappe Anweisungen, bei denen sie ihm nicht ins Gesicht sahen. Nachts wurde er in den Keller geführt und eingeschlossen. Doch kaum saß er in seinem Gefängnis, dachte er sich den nächsten Fluchtplan aus, und ganz gleich, ob er ihn so umsetzen konnte, wie er sich das gedacht hatte, oder nicht, schlich er, sobald er einen Augenblick unbeobachtet war, davon, huschte hinter eine Hecke, rannte wild, sobald er allein und außer Sichtweite war. Mit jedem Fluchtversuch wurde die Strecke, die er zurücklegen konnte, kürzer, die Strafe härter, das Schweigen frostiger. Ihm war das gleich. Abends plante er die Flucht, bis der schwere Schlaf ihm die Gedanken aus dem Kopf drückte, und kaum riss ihn am nächsten Morgen der Gockelschrei hoch, schob eine Hand den Riegel zurück, trat er hinaus ins Freie, juckte es in seinen Füßen, und er rannte davon. Nur wenn er rannte, fühlte er, dass er noch am Leben war.

Doch dann geschah etwas Seltsames. Noch immer gefror ihm morgens fast der Hauch an die Lippen, und weglaufen war das Einzige, was er wollte. Da schenkte ihm Jockel ein Paar Wollsocken. Löchrig zwar, klebrig von den Füßen ihrer Vorbesitzer und so groß, dass ihm die Ferse fast in der Kniekehle hing, doch sie wärmten. Und sie gehörten ihm. Er bekam einen Schlafplatz in einem der Gesindebetten, wo Flöhe auf ihm herumhüpften und Hände ihn betasteten, doch ihm war warm und er war nicht allein. Nicht mehr immer allein. Kleinigkeiten machten das Leben erträglicher und banden ihn an den Hof. Nach und nach verzog sich die Kälte, der Sommer kam und führte im Schlepptau einen bissigen Winter mit sich, der nur unter großem Widerstand das Feld für einen weiteren Frühling, einen weiteren Sommer räumte und in einem verregneten Namensvetter wiederkehrte. Caspar fand sich ab und richtete sich ein. Im Stall grub er sich eine Höhle ins Stroh, wo ihn eine zerschlissene Decke und die Atemluft der Tiere wärmten. Die Flucht rückte weiter und weiter weg, war eines Tages nicht einmal mehr Phantasie, war aus seinem Kopf verschwunden. Dachte er.

Bis er in der ersten Frühe eines Märzmorgens 1784 aus dem Haus trat und zum Stall ging, um mit seiner Arbeit zu beginnen. Wie jeden Morgen begab er sich in seinen Trott, dachte nicht nach vorn, nicht zurück, überlegte nur den Handgriff, den er jetzt tun musste. Die Jacke schließen, mit beiden Händen den Kübel hochheben, ihn zum Stall tragen, schnell gehen, doch nicht zu schnell. Nicht frieren müssen, doch auch nichts verschütten. Den Griff der Stalltür umfassen, die Stalltür öffnen. Doch bevor es so weit war, bevor er den Stall erreicht hatte, zwang ihn etwas, die Augen zu schließen und das Gesicht in den Wind zu halten. Er schnupperte, witterte, sog die Luft ein. Tief und tiefer. Luft trinken, die von der Schärfe des eisigen Ostwinds starrte, von schneeigen Höhen, von steingefrorenem Boden, die von Dunkelheit klirrte, von Eiszapfen, erfrorenen Tieren und gläsernen Pfützen erzählte.

Caspar setzte den Kübel ab. Noch einmal blähte er die Nasenflügel, schnüffelte, hielt die Luft in seinem Bauch fest, und jetzt drang eine Ahnung des neuen Frühlings zu ihm durch, fein, wie ein einzelner silberner Faden im Wasserfall aus Haaren, die seine Mutter kopfüber bürstete. Er schnaufte, um sich zu vergewissern, dass es kein Irrtum war. Doch nein. Der Hauch war da. Sanft, zärtlich, unbesiegbar. Da wusste er, dass er wegmusste. Er würde fliehen. Ganz bald.

Er wartete bis zur Vollmondnacht am Ende der Woche, wartete, bis alle zu Bett gegangen waren, bis die Tiere ruhten und die Stille größer war als die Dunkelheit. Er flüsterte mit den Kühen, erzählte ihnen Geschichten, hielt sich wach, obwohl es hinter seinen Augen klopfte und ihm schwindelte, wenn er sich bückte. Als das mehrstimmige Schnarchen der Knechte zu hören war, erhob er sich rasch und wollte zur Tür. Hitze kam in stechenden Wellen. Ein Prickeln stieg bis in die Brust, sank wieder ab, stieg hoch bis zur Kehle, drängte sich hinter seine Augen und weiter bis unter die Schädeldecke. Ihm war, als würde er mit halb vergorenem Most gefüllt. Er hielt inne und lehnte die Stirn an die Schulter eines der Tiere. Er blickte zur Tür, schätzte die Anzahl Schritte, sah seine Mutter da sitzen, die Hände verknotet im Schoß, wolkengroß das glänzende Kleid um den gepolsterten Stuhl, schaffte es bis zur Tür und schob den Riegel zurück. Der obere Teil der Tür klappte auf und ließ den Blick auf den Nachthimmel frei. Unter Wolkenfetzen schob sich die käsige Scheibe des Mondes hervor und leuchtete. Knarrend öffnete sich die untere Türhälfte.

Caspar huschte hinaus, schloss die Tür und lauschte. Nichts regte sich. Er lehnte sich an die Stallwand, sog die kalte Luft ein und wartete, bis der Schwindel nachließ. Dann drückte er sich an der Stallwand entlang, schlich durch den Gemüsegarten, überkletterte den Zaun, kauerte sich hinter die Holderbüsche, betrachtete den Nachthimmel und wartete. Dünne Streifen Wolkenwatte trieben über die Mondscheibe und trübten ihr Licht nur wenig. Endlich erstickte ein dicker Bausch die Helligkeit des Mondes fast vollständig, und Caspar rannte los. Er schoss über den brachliegenden Acker bis an den Rain, auf den Feldweg, daran entlang dem Waldrand zu, der sich ihm unendlich langsam nur entgegenschob. Stolpernd fing er sich mit rudernden Armen wieder auf, rannte weiter und am Waldrand mehrmals auf und ab, bis er den Weg fand, der in den Wald hineinführte.

Von nun an war alles ganz leicht. Mondlicht rauschte silbern die Stämme herab und ergoss sich auf den Weg vor ihm. Seine Schwäche schwand gänzlich, seine Augen gewöhnten sich an die Dunkelheit, seine Füße fanden ihren Weg allein. Der Mond zog voran, Caspar lief ihm nach und ermüdete nicht. Ein Gemisch aus Angst und wilder Freude trieb ihn vorwärts. Auf einmal wurde der Wald dichter, er verlor den Weg, musste ein Stück zurück, fand ihn wieder, eilte schneller, geriet ins Unterholz, schlug Zweige zurück, zwängte sich unter Büschen hindurch, kletterte durch Dornenhecken, stieg über gekippte Bäume, kam nach einer Strecke der Dunkelheit auf eine Lichtung, weiß überfangen vom Mondlicht, ging einige Schritte, drehte sich um sich selbst, suchte mit den Augen den Waldrand ab, konnte die Fortsetzung des Wegs nicht finden und setzte sich ins Moos, um auszuruhen. Wieder klopfte es hinter seinen Augen, Hitze stieg auf und ein hoher gequälter Laut war zu hören. Schwarzes Blitzen in seinem Kopf. Nacht und nichts.

Hundegebell weckte ihn. Caspar sah sich um und stellte fest, dass er im Kreis gegangen war. Auf dieser Lichtung hatten sie vor wenigen Wochen Holz gemacht. Rasch näherte sich das Gebell, und er erkannte den Hund vom Melcherhof, ein schwarzgraues, kalbsgroßes Vieh, das jetzt die Vorderpfoten auf den Waldboden legte, Armeslänge von Caspar entfernt, und kläffte, die Reißzähne bis zum schwarzen Zahnfleisch entblößt, dass ihm der Schaum von den Lefzen flockte. Caspar roch den fauligen Atem des Hundes. Er murmelte dem Tier ein paar beruhigende Worte zu und versuchte aufzustehen. Trotz seiner Angst war ihm etwas an dieser Begegnung peinlich. Seine Knie ließen sich nicht durchdrücken, deshalb blieb er in der Hocke und bog, als die Männer kamen, die Arme über den Kopf. Doch der Melcher schlug ihn nicht. Er packte ihn am Arm und zerrte ihn in die Höhe. Der Großknecht lobte und beruhigte den Hund. Caspar verlor das Bewusstsein. Er hörte den Bauern nicht, wie er fluchte, sah nicht, wie ihm der Speichel in weißen Fetzen aus dem Mund flog, spürte die groben Arme nicht, die ihn auf den Karren hoben, merkte nichts von der schüttelnden Fahrt den Waldweg hinab. Auch als er durch das Geholper zu rutschen anfing und kopfüber vom Karren stürzte, blieb er bewusstlos. Die anderen bemerkten sein Fehlen nicht sofort, und bis sie das Pferd anhielten, steckte sein Fuß bereits unter einem der Hinterräder fest. Sie zerrten ihn hervor, bogen den Knöchel ein wenig zurecht und legten ihn wieder auf den Karren. Danach wischten sie die Hände an den Hosen ab. Der Jockel zog seine Jacke aus und legte sie über ihn. Caspar merkte nichts.

26

Er lag in einem Bett, und draußen fiel Schneeregen in schweren Flocken. Dann brach die Sonne durch. Dann blies der Wind dicke Tropfen an das Fenster. Dann war alles grau. Tage vergingen. Unter ihm ein Laubsack, über ihm ein Federbett. Nachts lagen Menschen neben ihm. Um ihn war es dunkel und warm. Er wollte nachdenken, denn er musste weg, doch die Gedanken rutschten ihm aus den Hirnwindungen wie Forellen aus den Fingern. Er schnappte nach ihnen mit Händen, die gelähmt waren durch das kalte Wasser, während Fieber sein Denken verlangsamte. In zähen Schlieren wolkte es durch seinen Kopf. Er schloss die Augen, rutschte in den Schlaf, rannte in seinen Träumen wieder davon, erwachte davon, dass sich sein Fuß losriss und davonflog, hob das Federbett und sah an sich hinab. Sein Bein war vom Knie abwärts umwickelt mit einem dicken Wulst aus Stoff, aus dem nur die Zehen herausschauten. Und froren. Als er das Bein abwinkeln und aufstellen wollte, füllte der Schmerz es bis in den Schenkel hinauf und schwoll zu einem Hämmern an. Er gab sein Vorhaben auf, ließ die Decke sinken und starrte in den Himmel des Betts. Er hörte klappernde Geräusche und schloss daraus, dass er in der Küche lag. Im Bett des Bauern. Caspar schauderte vor Widerwillen. In das Klappern mischten sich Stimmen. Eine Frau und ein Mann, die sich gedämpft unterhielten.

«Schau nach, was der Bankert macht.» Caspar erkannte

die unterdrückte Wut in der Stimme des Bauern. Schnell schloss er die Augen. Ein Körper begab sich in seine Nähe und beugte sich über ihn. Atem, der nach kalten Äpfeln roch.

«Er schläft.» Die Stimme der Bäuerin war nachgiebig und besänftigend. «Wir sollten den Wundarzt kommen lassen. Wenigstens die alte Marri. So eine Hebamme weiß viel und kann schweigen.»

«Ach, Weiberscheiß.» Caspar hörte den Bauern schnaufen und sah in seinem Kopf die wegwerfende Handbewegung, die er dazu machte.

«Willst du, dass sie ihn uns wegnehmen?» Caspar in seiner Schlafhöhle hielt den Atem an und hörte die Bäuerin gedämpft sprechen: «Wenn er nicht gesund wird, wie willst du ihn dann im Sommer auf dem Exenheimer Schloss zeigen? Wir werden die dreihundert Gulden für seinen Unterhalt in diesem Jahr nicht bekommen. Womöglich müssen wir das andere Geld wieder zurückgeben.»

«Dann geben wir es halt zurück.»

«Woher willst du das nehmen? Und womit willst du dem Eyberger sein Land bezahlen?»

«Sei still!» Mit einem trockenen Klingen setzte der Bauer seinen Krug auf den Tisch. Caspar hörte nur noch das Atmen der beiden. Er wartete und lauschte, ob sie noch etwas sagen würden, doch dann hörte er ein Zischen, ein Flüstern, Stühle wurden gerückt, die beiden verließen die Küche, um auf dem Flur weiterzureden, und Caspar schlief wieder ein.

27

Er lag im Wasser. Davon wachte er auf. Er lag im Wasser und fror, während sein Kopf größer und größer wurde, bis etwas unter seinen Haaren knallend platzte. Dröhnende Schmerzen folgten. Er schwitzte. Er fror. Er öffnete die fiebrigen Augen. Ein altes Hutzelweib, die Hebamme Marri, also doch, machte sich an ihm zu schaffen, riss ihm das Bein ab. Er schrie, die Alte zerrte weiter an seinem Knie, bis etwas knackte, dann krachte und er über eine Kante in die Nacht fiel. Als er wieder aufwachte, war er allein. Das Bein war nicht mehr zu spüren, was ihn nicht wunderte, denn die Alte hatte es ihm doch abgerissen. Egal. Ihm war alles gleich. Er warf den Kopf auf die Seite und betrachtete, bevor er wieder einschlief, Spinnfäden an der Wand, dick und staubverklebt. Wie Schnüre. Er musste noch etwas anbinden, durfte das nicht vergessen. Festbinden. Aber was. Einen Gedanken oder Einfall. Caspar lief in seinem eigenen Kopf herum, suchte, doch bevor er fündig geworden war, war er wieder weggetreten. Kämpfen. Mit dem Rücken zur Wand kämpfte er, eine Schaufel in den Fäusten. Braune Gestalten rannten auf ihn zu, warfen sich auf ihn, durchdrangen ihn, traten durch ihn hindurch. Gesichtslose Wesen, schwarze Säcke ohne feste Form. Sie überwältigten ihn und rangen ihn zu Boden. Er wehrte sich, fühlte seine Kräfte schwinden, hörte ein Klicken in seinem Kopf, begriff, dass es sinnlos war, gab auf, fiel zusammen und in sich selbst zurück. Und nun, als hätte sein Aufgeben auch die Wesen nachsichtig gestimmt, wurde die Last auf ihm leichter und ließ ihn eine Lücke zwischen den Gestalten finden, durch die er hindurchschlüpfte, sich ihnen, die nun ihrerseits mit dem Rücken an der Wand standen, zuwandte, die Schaufel packte und auf sie einhieb. Gelblicher Staub flog auf. Die Gestalten sackten unter seinen Schlägen zusammen, richteten sich wieder auf, entließen aus ihren Köpfen kleine Staubwolken, wie diese Pilze, die sie im Sand unterhalb der Farnhöhle gefunden hatten. Karolin nannte sie Füchsinfurz und tanzte auf ihnen. Mit schnellen Tritten begrub sie sie unter ihren Schuhen, hell waberte die Pilzstaubwolke um ihre tanzenden Knie. Caspar hieb, hieb, hieb, doch diese hier wurden nicht kleiner, sondern erstanden immer wieder neu und entließen lächelnd ihren Staub, fein wie Rauch, in die Luft. Zuletzt nahm er den Spaten, stach schwere Erdbrocken los, bedeckte sie damit ganz und trat den Lehm sorgsam fest. Im Gras sitzend, schöpfte er keuchend Luft, wischte über sein Gesicht, öffnete die Augen, sah auf und fühlte seinen Kopf, klar nun, durchsichtig und kühl, als sei er von einer Glaskugel gefüllt, die bei jeder Kopfbewegung träge hin und her rollte, und ohne jeden Schmerz. In ihr glückste Wasser, und in diesem Wasser schwamm etwas Kleines, Vielfarbiges. Der Einfall, den er hatte festbinden wollen. Er wusste, was er damit tun wollte, doch dafür war es noch nicht Zeit.

Vor dem Fenster fiel Schneeregen. Die Tage verstrichen, einer ereignislos wie der andere, bis eines Morgens der Bauer an sein Bett trat, die Decke wegriss und ihm befahl aufzustehen. Caspar setzte sich auf die Bettkante. Als er aufstehen wollte, rutschte ihm das kaputte Bein weg, er sackte in einen Schwindel und landete auf dem Fußboden.

Nun geschah etwas Erstaunliches. Er zog sich an der Bettkante wieder hoch, setzte sich zurück auf den Laubsack, deckte sich zu und sagte: «Nein.» Seine Stimme klang anders als sonst. Heiserer und weiter entfernt, dennoch war er es, der sprach. Mit eigener Stimme. Tonfall und Nachhall im Kopf ließen keinen Zweifel. Deutlich hörte er, wie die Worte aus dem Hals in den Kopf stiegen, die Ohren von innen berührten und den Schädel verließen. Viele Worte. Sie kamen gerade und ohne Stocken. Er werde nicht aufstehen, er sei noch zu krank, sein Bein sei gebrochen, warum, wisse er nicht, doch die Schmerzen seien zu groß und er zu schwach, um bereits wieder an die Arbeit zu gehen.

Der Bauer hob den Arm zum Schlag, doch seine Frau schob ihn zur Seite, setzte sich auf den Bettrand und ermahnte ihn mit sanfter Stimme. Was er sich vorstelle, der Hof sei groß und viel Arbeit zu tun, auch jetzt im Winter. Schon zu lange läge er ihnen auf der Tasche, und für den Fall, dass er nicht gehorchen wolle, könne man auch andere Saiten aufziehen. Caspar sah sie lange an. Dann sagte er langsam, fast wie zu sich selbst: Lesen. Er wolle lesen lernen. Und schreiben. Er wolle auch schreiben können. Die Bauersleute sahen einander fassungslos an. Er wolle etwas lernen und sein Bein ausheilen lassen. Andernfalls käme er im Sommer nicht mit aufs Schloss nach Exenheim.

Der Bauer wurde laut. «Und ob du mitkommst. Und wenn ich dich eigenhändig auf den Karren binden muss, du Sauviech!»

Obwohl Caspars Herz jetzt ganz oben im Hals klopfte, konnte er nicht machen, dass die Stimme schwieg. Sie redete ohne sein Zutun aus seinem Hals heraus. «Tu das, aber dann werde ich dem Amtmann sagen, wie ihr mich hier behandelt und wo das Geld hingekommen ist, das er euch für mich gegeben hat.»

«Ah, daher weht der Wind. Nichts wirst du dem Amtmann sagen.» Der Bauer versteckte seine Verwirrung hinter einer leisen, schneidenden Stimme. «Wir sprechen uns noch. Komm.» Er zog die Frau jetzt am Ärmel mit sich in die Diele. Caspar hörte sie draußen weiterreden. Sie stritten und keiften, doch sie kamen nicht zurück. Er war sehr leer jetzt. Matt sank er nach hinten und rollte sich zusammen. Draußen fiel der Regen in Schleiern. Es dunkelte bereits. Caspar hatte gewonnen.

28

Am nächsten Morgen stand der Jockel an seinem Bett. Er zwinkerte ihm zu und setzte sich auf den Rand des Bettes, in der einen Hand Schiefertafel und Fibel, in der anderen die Kreide. Caspar lernte lesen. Caspar lernte schreiben. Und er lernte schnell. Während sein Bein heilte, brach der Frühling dem Winter die Knochen.

Caspar verlangte ein Buch. Jockel brachte die Bibel, sie lasen gemeinsam, bis der Jockel wieder an die Arbeit musste. Caspar las allein weiter. Betrat jemand die Küche, versteckte er das Buch unter der Decke, wartete mit geschlossenen Augen, bis er wieder allein war, las weiter und ließ die Gedanken schweifen. Schließlich nahm er das Buch und riss vorsichtig die unbedruckten Vorsatzblätter heraus, die den Umschlag mit dem Körper des Buches verbanden. Sie waren nicht bedruckt. Er wartete, bis er sicher sein konnte, dass er eine Stunde oder länger ungestört war, nahm die Blätter hervor, strich sie glatt und schrieb, während er mit den Kiefern mahlte:

Bester Herr —

Die Dunkelheit überraschte ihn, er verbarg seinen Schatz, fügte am folgenden Tag *Amtmann* hinzu und in den Tagen darauf den Satz:

Nun muss ich Ihnen zu wissen machen, dass ich schon

über gantze 3 Jahre bei dem Wintermelcher Bauer in Diensten stehe.

Zwei Wochen hatte er dafür gebraucht, da entdeckte der Jockel sein Vorhaben und kam ihm zu Hilfe. Nach zehn weiteren Tagen gemeinsamer Arbeit beendeten sie den Brief. Jockel las ihn Caspar mit leiser Stimme vor.

«*Simmisweiller, den 17ten April 1784. Bester Herr Amtmann. Nun muss ich Ihnen zu wissen machen, dass ich schon über gantze 3 Jahre bei dem Wintermelcher Bauer in Diensten stehe, nur felt mir nichts so schwer, als daß ich gäntzlich verlaßen, und gar keinen Freund in der Welt habe. Nun bitten ich Ihnen alßo Freindschäftlich, daß sie mihr doch ein Auskunft geben wollen, ob meine Mutter noch bei Leben ist und sie sich noch in Anspach aufhalt: Auch muß ich Ihnen die ursach mehr begreiflich machen wie ich von dem Wintermelcher wegkomme. Es ist dieße weillen er mir kein muntur an leib geschafft und mich gäntzlich hat verlaußen laßen; Vergessen sie nicht meiner, und erwarte mit vollem vertrauen ein baldige Antwort von ihnen, sollten sie sich meiner nicht erinnern kennen, so denken sie nur zurück an jenen Bortzlanmacher Schwartz, welcher in der Wellischen Schweiz lebt und ich der eintzige Sohn und in der welt ohne Freind herum wandern muß. Ihm ybrigen sind sie von mihr zu vielles mallen gegrüst, und verbleibe ihr*

Caspar Schwartz

Bey dem Wintermelcher Bauer

Zu Simmisweiller»

Caspar lachte. Das mit dem *eintzigen Sohn ohne Freind* war ein Einfall vom Jockel gewesen, wohingegen er selbst fand, dass er sehr wohl einen Freund hatte, den er nun von der Bettkante schubste, dass er polternd auf den Küchenboden fiel. Unruhig lauschten sie, ob jemand kam, und überlegten rasch ein Versteck für den Brief. Caspar wollte, dass Jockel ihn in den Saum seiner Jacke steckte, dieser schlug übermütig vor, ihn zwischen den Seiten der Heiligen Schrift zu verstecken, die hier im Haus fast nie einer in die Hand nähme. Caspar willigte ein, doch kaum hatte der Jockel den Raum verlassen, fischte er ihn wieder heraus, faltete ihn zu einem kleinen Päckchen und klemmte es unter den Laubsack, denn diesen, so vermutete er, würde keiner bewegen, solange er darauf lag.

29

Der Amtmann Bröm tupfte sich die Stirn trocken, zupfte den Spitzensaum seiner Manschette zurecht, tätschelte seine gepuderte Frisur, setzte sich an das Schreibpult, reckte die Arme nach vorn, winkelte sie ab, befeuchtete den Daumen und blätterte die Papiere durch, die vor ihm lagen. Mit zusammengezogenen Brauen begann er sie in verschiedenen Stapeln vor sich zu ordnen, sprang von seinem Stuhl, schritt unruhig auf und ab, trat nach mehreren Runden wieder an den Tisch, raffte alle Blätter zusammen und begann eine neue Auslegeordnung. Zuoberst lagen nun die beiden kleinen Zettel, die er gestern Abend nach dem Besuch des Wintermelchers gefunden hatte. Als wolle der Bauer ihm etwas beweisen, hatte er den Bankert mitgebracht und hier vorgeführt. Dabei musste der Junge die Wische in einem unbeobachteten Moment zwischen die Akten auf Bröms Schreibtisch geschoben haben. Der Amtmann runzelte die Stirn, ließ die Augen über die Blätter schweifen, bewegte lesend die feuchten Lippen, schüttelte lachend den Kopf. Dann faltete er die Zettel zu einem kleinen Päckchen, klemmte es unter ein Tischbein, ruckelte ein wenig an der Platte des Schreibtischs, um sich zu vergewissern, dass dieser nicht mehr wackelte, stützte die Ellbogen auf, behutsam zuerst, dann immer unbefangener, und wandte sich schließlich zufrieden den wichtigen Papieren zu.

30

Ein heißer, dürrer Sommer verstrich ohne Neuigkeiten. Caspar wartete täglich auf Nachricht vom Amtmann, doch nichts geschah. Im Herbst darauf wurde der Jockel zum Schmied in die Lehre geschickt, Caspar war wieder allein, schlief wieder im Keller, tat wieder seine Arbeit. Verändert hatte sich, dass er das rechte Bein nachzog.

Kreischend und viel zu früh fuhr der Winter ein, und Caspar beschloss zu handeln. Zunächst dachte er daran, einen zweiten Brief schreiben, und versuchte an Papier und Schreibzeug zu kommen, was ihm nicht gelang. Also beschloss er die Flucht, und dieses Mal würde er sie gründlich vorbereiten.

Er dachte eine Woche lang nach. Dann begann er zu stehlen. Eine Schere, einen Flintstein, ein Stück Schnur, Jockels Fibel, ein Stück Kreide. Der Januar kam, und er begann zu husten. Er hustete beim Melken, er hustete beim Misten, er hustete beim Beten, er hustete im Schlaf. Er hustete Schleim in vielen Farben, auch rot. Und er stahl, was ihm unter die Finger kam. Er schaffte sich eine Wegzehrung beiseite, beschaffte sich Schuhe, eine Decke, einen Beutel, ein Licht. Der Schnee lag schwer und nass, der Husten wich nicht, und der Melcher ließ Caspar wieder nach oben holen in die Schlafstube der Knechte. Tags darauf klaute er dem Bauern seine Felljacke und traf sich heimlich mit dem Jockel, denn er kannte vom Fluchtweg nur das erste Stück und musste sich den weiteren Verlauf beschreiben lassen. Dann fühlte er sich auf einmal sehr leicht und leer. Alles war bereit.

Das Tauwasser tropfte von den Ästen und gefror nachts zu gläsernen Stäben. Ende März war er da, und er war schneller gekommen als erwartet. Der Tag der Flucht. Die Neumondnacht war schwarz wie der Dreck unter seinen Fingernägeln. Der Hund blieb drin. Caspar wartete, bis alle schliefen, packte sein Bündel, zog sich die Felljacke an und schlich aus dem Haus. Schnell ging er den Rübenacker entlang auf den Waldrand zu. Vorige Woche hatte er diesen Acker selbst gepflügt. Am Morgen war die Erde noch gefroren gewesen, weshalb er über Mittag schnell und ohne Pause gearbeitet hatte. Er hatte die Ochsen angetrieben, angeschrien, angeflucht, hatte sich auf die Pflugschar gestellt, um sie tiefer in die Erde zu senken, und zog so tagelang eine krumme Furche neben die andere, und jeden Abend hatte der Bauer gemurrt, er arbeite zu langsam und zu wenig sorgfältig. Nachdem er mit dem Acker fertig geworden war, kam der Frost zurück, brachte noch einmal Schnee, der jetzt noch tief in den dunklen Rinnen lag, sie hell aufleuchten und die Grate der aufgehäuften Schollen scharf und schwarz hervortreten ließ.

Caspar stieß mit dem Fuß dagegen. Sie war steinhart gefroren, und als er ein paar Schritte auf ihr entlangbalancierte, trug sie ihn. Plötzlich hörte er den Hofhund bellen, besann sich, beschleunigte seinen Schritt, fiel in Trab und rannte zum Waldrand, wo ihn die Dunkelheit aufnahm, während am Horizont jenseits der Felder das Morgengrau durchbrach. Er ging in nördlicher Richtung, bis er an die Straße kam. Dort suchte er sich ein Versteck im Unterholz und beobachtete sie eine Weile, doch außer ihm war keiner unterwegs. Würde der Melcher ihn suchen, und er würde ihn suchen, denn er wollte sich zu Beginn des Sommers beim Amtmann wieder ein Stück Geld für Caspars Unterhalt abholen, dann würde er ihn auf der Straße vermuten und in jede der beiden Richtungen seine Knechte schicken, um ihn wieder einzufangen. Der Junge erhob sich und schüttelte die kältesteifen Beine. Einen Augenblick später war er wieder im Wald verschwunden und folgte einem Wildwechsel Richtung Norden. Immer wieder blieb er stehen und lauschte, ob ihm keiner folgte. Blasses Morgenlicht drang durch den Mischwald. Wasser plätscherte. Er musste sich durchs Dickicht schlagen, schlüpfte unter Ästen hindurch, bog andere zur Seite und ließ sie zurückschnalzen. Seufzend schüttelten sie ihre Last ab.

Langsam und gleichmäßigen Schritts stieg er den Grauenberg hinauf, versuchte immer wieder die Sonne am eisgrauen Winterhimmel zu erspähen, vergewisserte sich, dass er nach Norden ging, kehrte beim Abstieg, wie der Jockel ihm empfohlen hatte, ein wenig westwärts ab, um schneller auf die Landstraße zu kommen, die nach Exenheim führte. Gegen Mittag, als die graugelbe Sonne sich schwachbrüstig leuchtend durch den Dunst gekämpft hatte, erreichte er die Straße und ging von nun an mit neuer Kraft weiter. Schritt für Schritt ließ er den Melcherhof hinter sich. Die Sonne beschien seinen Rücken, und er roch die feine Milde der Märzluft so samtig, so weich, als hätte es nie zuvor einen Frühling gegeben. Er blieb stehen, warf den Kopf zurück, blähte die Nasenflügel und schnaufte, als wolle er einen Vorrat anlegen.

Sein Hunger brachte ihn zurück. Er suchte sich eine geschützte Stelle abseits des Weges im Wald und rastete. Auf der Felljacke des Bauern sitzend, kramte er Brot und

Wurstzipfel aus der Tasche. Er kaute langsam. Seine Feldflasche war leer. Er suchte ein wenig Schnee gegen den Durst, fühlte die Schneeklumpen schmelzen im Mund, wartete, bis sich ein staubiger Schluck angesammelt hatte, ließ ihn über die Gurgel die Kehle hinabrinnen, spürte ihn kühl im Magen ankommen, nahm noch eine Hand voll, noch eine Hand voll, wusste, dass der Schnee ihn immer durstiger machen würde, dachte sich, dann könne er ja immer mehr davon essen, bis er eine Quelle oder einen Brunnen fand.

Auf seiner Suche nach unberührtem Schnee hatte er sich wieder in die Nähe der Straße bewegt, von der nun Gesang und Geschrei zu ihm drangen. Männerstimmen, Frauenlachen. Er spähte durch die Zweige und sah ein paar Menschen durch den Wald wanken. In endlosem Singsang fielen ihnen die Silben wie auf Perlenschnüre gereiht aus den Mündern. Caspar verstand ihre Sprache nicht. Er zählte zwei Männer und vier Frauen. Sie gingen untergehakt, schmiegten sich aneinander, kicherten, küssten sich auf den Mund. An den großartigen Gesten der Männer erkannte er, dass sie betrunken waren. Als sie auf Caspars Höhe angelangt waren, drehte der Ältere der beiden vom Weg ab und ging zielstrebig auf das Gehölz zu, in dem er saß. Caspar hielt die Luft an. Die Frauen riefen nach dem Alten, doch dieser schwankte weiter auf Caspar zu, blieb dann vor einer kleinen Tanne stehen, knöpfte seine Beinkleider auf und schlug ächzend Wasser ab. Der andere Mann hatte die Arme auf die Schultern zweier Frauen gelegt und flüsterte erst der einen, dann der anderen etwas ins Ohr. Sie lachten schrill, küssten sich dann wieder, während der gedrungene Mann nach den Röcken der dritten Frau griff, einer schmalen rothaarigen Person. Sie wich nach hinten weg, er eilte ihr nach, erwischte sie und bog sie in seinen Armen zurecht, bis sie, weich und geschmeidig hinsinkend, sich küssen und anfassen ließ. Caspar hatte ein zittriges Gefühl in den Knien, und Wärme staute sich zwischen seinen Beinen. Beunruhigt blickte er an sich hinab, sah wieder auf und geradewegs in die rotgeäderten Augen des Alten. Blitzartig duckte er sich, machte kehrt und huschte davon.

«He», brüllte der Alte. «Arrête! Bleib stehen.»

31

Die tief stehende Wintersonne schob ihre kalten Strahlen zwischen den Stämmen hindurch, als der Junge an den Waldrand kam und hinaus ins Offene trat. Er war den ganzen Tag gelaufen, hatte Exenheim umrundet und sein Ziel fast erreicht. Eine weite Schneedecke lag unberührt vor ihm. Sie war weiß und grau, an den Schattenrändern nahezu schwarz. Caspar setzte den ersten Fuß hinein und dann den zweiten. Er überquerte die Ebene in einer geraden Linie, doch als er sich in ihrer Mitte umdrehte, taumelten seine Fußstapfen als schwarze Schlangenlinie hinter ihm her. Unsicher, schwankend und beliebig erschien ihm sein Weg. Einsam lag seine Spur da. Mit der ersten Wärme würde sie verschwinden, und nie, niemals würde je ein Mensch wissen, dass er, der Kaschper Schwartz, hier gegangen war. Keiner ging ihm voran, keiner folgte ihm nach. Caspar stand still und sah in den Himmel, der sich wolkenlos über ihm wölbte. Er reckte die Arme in die Höhe, und da senkte sich der Himmel über ihn, so nah, dass der Junge sein Samtkleid berühren konnte, das nun fast unmerklich in ein matteres Blau dunkelte, die Farbe unberührter Heidelbeeren.

Caspar begann zu rennen. Aus der Zeit beim Melcher wusste er, wie wichtig es war, in den Wintermonaten, wenn die Nacht schnell sank, das Freie zu verlassen und Unterschlupf in einem geschützten Raum zu finden. Er stürzte über die Ebene, erreichte die Haller Straße, folgte ihr hastig und voller Furcht, gesehen zu werden, entdeckte den Schlehdorn, an dem er die Straße verlassen musste, und eilte in den Buchenwald, der Lichtung zu.

Er fand die Höhle nach all den Jahren wieder, erreichte sie jedoch, als es bereits dunkel war, und hoffte, es hätten sich keine Landstreicher oder anderes Gesindel dahinein verirrt. Die Zweige vor dem Eingang waren von einer dicken Schneeschicht bedeckt. Vorsichtig zog er die Äste nur so weit auseinander, dass er zwischen ihnen hindurchschlüpfen und ins Innere der Höhle kriechen konnte. Er schob die Wedel wieder übereinander, kramte in seinem Brotbeutel nach Zunder, Flintstein, Stahl und Spänen, entzündete sie und funzelte wenig später mit einem Talglicht am ausgestreckten Arm in der Höhle herum. Die Wände waren nass, an manchen Stellen tropfte es von der Decke, doch am Boden fanden sich auch trockene Stellen, sogar etwas schütteres Laub, das er nun zu einem Haufen zusammenwischte, dann mit den Händen eine Mulde formte und sich hineinsetzte. Er atmete auf. Dann fuhr ein jauchzender Schrei aus seinem Bauch. Noch einer und noch einer. Zufrieden kaute er sein letztes Brot, trank einen Schluck aus der frisch gefüllten Flasche, wickelte sich in die Decke und legte sich hin. Unter ihm war es weich, über ihm kühl. Die Nacht stürzte auf ihn und deckte ihn zu wie der Schnee die Landschaft vor der Höhle.

Ein eisiger Finger tippte ihm auf die Stirn, hinterließ einen Tropfen Frost. Caspar schlug die Augen auf und wischte sich mit dem Ärmel über das Gesicht. Schwarze

Nacht. Von der Decke der Höhle fielen einzelne Tropfen in sein Gesicht. Er langte rechts neben sich, wo er seinen Beutel vermutete, und griff in etwas Kaltes, Weiches. Er zuckte zurück, tastete wieder, erkannte eine Hand mit Fingern daran. Ein Toter. Da liegt eine Leiche neben mir. Seine Nackenhaare sträubten sich, während er reglos lag und nur flach atmete. Er erinnerte sich an die Hand der Jungfrau, die aus dem Waldboden ragte, versuchte nachzudenken. Doch weil er nichts sehen konnte, blieb ihm nur übrig, noch einmal dorthin zu tasten, wo sein Beutel mit dem Feuerzeug lag. Noch einmal berührte er die Leichenhand, fuhr wieder zurück, wollte sich erheben, doch als er sich auf seinen Ellbogen stützte, versagte der ganze Arm den Dienst und knickte weg. Sein Arm war der Tote, und neben ihm lag seine eigene Hand, ein Fremdkörper, der nichts mit ihm zu tun hatte. Er packte sie, zog den kalten Arm zu sich heran, hielt ihn und wartete stöhnend, bis Blut und Leben wieder hineingeströmt waren. Dann grub er sich tiefer ins Laub, rollte sich zusammen, wartete, dass er warm wurde, kippte in den Schlaf, erwachte, trieb wieder ab, erwachte eine zweites, ein drittes Mal. Sein Körper schüttelte und zappelte vor Kälte. Er sprang hoch, marschierte auf und ab, steifgliedrig zuerst, bis seine Beine unter Schmerzen wieder gehorchten und sein Gang geschmeidiger wurde. Er kramte in seinem Brotbeutel herum, fand noch eine Hutzel, biss kleine Stücke von ihr ab, kaute langsam und dachte nach. Der Melcher sollte im Sommer wieder hundert Gulden für Caspars Unterhalt bekommen, allerdings nur, wenn er tatsächlich noch bei ihm war. Der Bauer würde ihn suchen, schließlich war er inzwischen zu einer Arbeitskraft geworden, mit der er rechnete. Möglicherweise war der Melchior schon unterwegs, und sicher würde ihn sein Weg zuerst nach Exenheim führen. Caspar musste sich eine Weile versteckt halten. Doch wie würde er herausfinden können, wann die Gefahr vorüber war und der Melcher seine Suche aufgegeben hatte? Sich noch einmal an den Amtmann zu wenden, schien ihm sinnlos und gefährlich. Schließlich war sein Brief über ein halbes Jahr, bis zum Tag seiner Flucht, ohne Antwort geblieben.

Nadeln aus Sonnenlicht stachen zwischen den Zweigen hindurch. Caspar öffnete das Tor aus Geäst ein wenig. Die Strahlen dehnten sich zu breiten Streifen und breiteten sich in großen Flecken auf dem Boden vor ihm aus. Vorsichtig streckte er den Kopf hinaus. Vögel hüpften durch den Schnee, hinterließen schwarzes Gekrakel auf dem Waldboden. Schmelzwasser tropfte von den Bäumen. Kein Mensch weit und breit. Caspar ging zurück in den hinteren Teil der Höhle, zwängte sich durch den Durchgang und suchte in dem Loch in der Felswand nach dem Geldbeutel und dem Messer aus Resis Küche, die er hier vor mehr als fünf Jahren versteckt hatte. Er fand beides unter einer Schicht aus Dreck und Staub. Der Beutel war von Schimmel, die Münzen von Grünspan, das Messer von Rost bedeckt. Er legte den Geldbeutel zurück, steckte das Messer ein, verließ die Höhle und verdeckte sorgfältig den Eingang. Auf der Suche nach etwas Essbarem druchstreifte er den Wald, aber außer einigen Schlehen und einem halb verfaulten Maronenpilz fand er nichts. Die Schlehen löschten den Durst.

Caspar mied die Wege und schlich quer durchs Holz. Er fand einen Wildwechsel, folgte ihm, witterte schwachen, kaum wahrnehmbaren Holzrauch und fand kurz darauf eine verlassene Köhlerhütte. Nachdem er sie beobachtet und sich vergewissert hatte, dass niemand da war, drückte er die Tür auf, huschte hinein, raffte eine Decke, ein halbes

Brot, zwei getrocknete Würste und mehrere Flaschen Schnaps zusammen und rannte fort.

Den Rückweg zur Höhle lief er, ohne anzuhalten. Gierig biss er in Wurst und Brot. Der Schnaps, den er in großen Schlucken dazu trank, kroch wie eine Feuerschlange seinen Hals hinab und rollte sich in seinem Bauch zusammen. Caspar sank wieder in den Schlaf, kühlte aus, erwachte durch das Zittern seiner Glieder, kaute, trank, wickelte sich fester in die Felljacke, rollte hin und her, schlief wieder, erwachte, pinkelte vor die Höhle, betrank sich, schlief. Tag und Nacht glitten ineinander und trugen ihn auf ihren Armen fort. Eines Morgens war nur noch der Schnaps übrig. Den trank er nun gegen die Kälte, gegen den Hunger, gegen das Erinnern, gegen den Durst. Er trank und schlief, trank und schlief. Sein Atem unter dem Laubhaufen ging flach und flüchtig. Sein Herz schlug langsam, als müsse es sich jedes einzelne Zucken überlegen. Graue Wände ringsumher. Er tastet sich an ihnen entlang. Kein Anfang, kein Ende, kein Weg ins Freie. Sein Kopf fällt nach hinten, er knallt auf den Rücken, sein Atem stockt. Blutige Schlieren rauschen hinter seinen Lidern auf und ab. Er versucht vergeblich, seine zitternden Augäpfel still zu halten, bricht dann durch den Boden, auf dem er liegt, wird in die Tiefe gerissen, eine schwarze Röhre, einen Brunnenschacht hinab, abwärts einem Schlund entgegen. Sinken und stürzen. Aus der Tiefe des Brunnens dringt ein hohes Sirren, das Kreischen riesenhafter Heuschrecken, er fällt noch immer, das Gieren schwillt an, treibt einen Spieß durch seinen Kopf von Ohr zu Ohr. Etwas fließt aus ihm, warme Nässe, Blut? Als die Flüssigkeit ihn in Wellen, in einem gleichmäßigen Pulsieren zu verlassen beginnt, geht das Schrillen in dumpfes Dröhnen über. Ein Brummen und Rauschen durchdringt seinen

Körper, erfasst ihn, wirft ihn hoch in den blendend weißen Winterhimmel, er fällt zurück und wird wieder in die Luft geworfen, als säße er auf einer Riesenschaukel, deren Seile am Himmelsgewölbe verankert sind. Er hält sich mit aller Kraft an den Seilen, spürt den Druck des Windes auf seinem Körper mit jedem Schwung stärker, Eisluft streicht durch seine Haare, er taumelt vor und zurück, weiß, dass er sich nicht mehr lange wird halten können, sieht das bestirnte Gewölbe über sich zusammenbrechen und niederstürzen, schreit, fährt auf, erschreckt durch seine eigene Stimme. Dunkelheit. Rasselndes Schnaufen, Husten, aus dem Husten eine Stimme, gegrüßet seist du und sollst den Vater ehren, unser im Himmel geheiligt werde dein Name mach dass du fortkommst, wer will denn einen wie dich, die kennt er, die Stimme, seit Jahren spricht sie zu ihm, sei still!, ruft er jetzt, hört seine eigenen Worte. Dunkelheit. Ruhe jetzt. Langsam bewegte er die Finger, tastete nach der Flasche, trank in eiligen Zügen. Kein Laut, keine Regung, nichts durchdrang den Schleier Gleichgültigkeit, der ihn umhüllte. Dumpfe Stumpfheit fesselte ihn an sein Grab aus Laub, zwängte ihn wie ein Wickelkind in einen Kokon aus Blättern, Decken, Fell und in ein pflanzenhaftes Dasein, von hier aus schien es ihm ein Leichtes, hinüberzurutschen in das unbekannte Gartenland hinter der Sonne.

32

Ein raschelndes Huschen weckte ihn. Caspar blinzelte in das dämmrige Licht der Höhle. Vor ihm stand ein hoch gewachsenes Wesen. Es war behaart und leuchtete in vielerlei Farben. Rot, Schwarz, Braun, Weiß, Beige. Auch seine Tatzen und Ohren waren mit Fell bekleidet. Nur das Gesicht war schwarz, und darin rollten Augen, bleckten spitze Zähne. Caspar wischte mit der Hand durch die Luft, um es zu verscheuchen, tastete nach der Flasche und trank. Von weit her vernahm er ein Lied. Es machte seinen Kopf schwer, und so rollte er sich zur Seite, schloss die Augen und kippte weg. In Fetzen trieb die Melodie durch seinen Schlaf. Er kannte sie, erinnerte sich jedoch nicht an Worte, Menschen, Gelegenheiten, die zu ihr passten.

In seinem Innern drehte sich eine leichte Gestalt, sank in die Knie, sprang vom Boden ab, schnellte in die Höhe, schwebte davon. Sie war ganz weiß und sank nun in Bögen zu Boden, wie die Daunen beim Hühnerrupfen. Als sie aufkam und sich wieder abstieß, sah er unter ihrem Gewand Schuhe aus weißem Leder mit aufwärts gebogenen Spitzen, aus denen Blut quoll. Es fiel mit einem Klickern auf den Boden, rollte als purpurne Perlen umher, sammelte sich zu einer schwarzen Lache, die sich unter der Berührung seines Fingers verteilte. Wie auseinander strebende Murmeln sprangen die Tropfen davon und verkrochen sich in den Gesteinsritzen der Höhle. Caspar sprang auf, konnte sich jetzt auch vom Boden abdrücken, als trüge er geflügelte Schuhe, jagte dem Schattenwesen hinterher, bekam einen Zipfel seines Kleides zu fassen, packte einen der Schuhe und riss ihn an sich, während das Blut in schneller Folge auf ihn tropfte. Das Wesen schrie, der Schuh flog davon, Caspar fiel zu Boden, riss die Augen auf. Über ihm stand das Wesen, hatte sein Fellgewand gehoben und ließ sein Wasser auf ihn laufen. Er stieß es von sich, zog sich an die Höhlenwand zurück und belauerte es. Das Pelztierchen war auf den Rücken gefallen, sprang nun wieder auf, lachte wild und hüpfte auf allen vieren vor ihm auf und ab. Caspar warf Steine nach ihm, dann eine leere

Flasche, und als es sich auch dadurch nicht vertreiben ließ, griff er in seinen Beutel nach seinem Messer. Doch bevor er es gefunden hatte, stürzte sich das Pelztier fuchtelnd auf ihn und schnappte nach ihm. Er wehrte sich, packte es an den Beinen, brachte es zu Fall und setzte ihm das Knie auf die Brust. Dem Wesen gelang es, sich in seiner Hand zu verbeißen. Schreiend versuchte er, es mit der freien Linken zu würgen. Er zappelte wie wild, um sich zu befreien, und erreichte doch nur, dass dem Ungeheuer die Pelzhaube verrutschte und den hellen Strich einer Narbe frei gab, die quer über seine Stirn lief und sich in den buschigen Augenbrauen verlor. Er riss dem Wesen das Fell vom Kopf und starrte stumm auf die schwarzen Locken, die darunter herausfielen. Wie hatte er nur so dumm sein können. Wütend warf er sich auf das Mädchen und schlug ihr die flache Hand ins Gesicht. Als Karolin das Blut aus dem Mund lief, hörte er auf, zog sich an die Wand zurück, trank einen Schluck aus der Schnapsflasche, wischte sich mit dem Handrücken über den Mund und das Blut des Mädchens in sein Gesicht. Er beobachtete sie. Sie versuchte, den Kopf zu heben, betastete mit einem Finger ihre Lippen, atmete schwer, lag dann still.

Er hatte ihr versprochen, sie nie mehr zu schlagen. Er hatte es versprochen! Caspar erwachte durch sein eigenes Zittern, sprang auf, hüpfte umher, schlenkerte mit den Armen, warf sie vor der Brust über Kreuz. Karolin war weg. Draußen war Nacht. Es schneite wieder. Er trank, bis er taumelte, wickelte sich in Jacke und Decke, vergrub sich im Laubhaufen, schlief wieder ein, erwachte wieder und spürte seine Beine nicht mehr. Beklommen lauschte er in die Dunkelheit. Kein Geräusch. Würde das Mädchen zurückkommen? Würde sie Leute aus dem Schwan mitbringen? Den Melcher womöglich?

Caspar schob die Hände unter die Kniekehlen, stellte die Beine auf, ächzte, als ihm das Blut wie Messerspitzen bis in die Füße stieß. Er bewegte die Beine langsam, dann schneller, kramte in der Tasche nach Flintstein und Zündschwamm, und weil es an Brennmaterial mangelte, schob er ein paar getrocknete Blätter zusammen, legte Zweige vom Höhleneingang darüber, blies behutsam in die Funken, bis endlich eins der Blätter zu glimmen begann. Beim dritten Versuch gelang ihm ein kleines, stinkendes Holzfeuerchen, das die Höhle sofort mit Rauch füllte. Er riss die Zweige vor dem Eingang nieder und sah in den schwarzen Spätwinterhimmel. Der Hunger fiel ihn an wie ein wildernder Hund, doch die letzte Schnapsflasche war ausgelaufen, denn er hatte sie im Suff nicht verkorkt; nun schleuderte er sie gegen die Wand, hielt die Hände über die Flammen und stierte wütend in das Feuerchen.

Das Schlagen, der Staub, die stillen Männer an den langen Tischen. Das war es, was er wollte. Ein Porzelliner werden, wie sein Vater einer war. Jedoch, konnte er es wagen, nach Exenheim zu gehen? Was, wenn sie ihn zum Melcher zurückbrächten? Er hörte ein lang gezogenes Pfeifen, spähte vorsichtig aus der Höhle, sah das Mädchen unter einem Baum sitzen und rannte zu ihr. Vor ihr kniend, nahm er ihre Hände, die sie ihm gleich wieder entzog, und versuchte, unter der Pelzhaube ihre Augen zu sehen, nahm nur ein winziges Glitzern wahr. Er berührte die Tränen mit seinem Finger, strich dann behutsam über ihre Lippe. Sie zischte, als er die Wunde berührte. Auf einmal wusste er nicht mehr, was er hatte tun wollen, so nahm er noch einmal ihre Hände, die sie ihm nun ließ, und hielt still. Bevor er es sehen konnte, spürte er ein Zittern, das sich in einzelnen Stößen über den Körper des Mädchens ausbreitete und in seinen Fingern verebbte.

In einer ungelenken Bewegung drückte Caspar die Knie durch, zog das Mädchen zu sich hoch und schlang die Arme um sie. Ein lang gezogener Heulton quoll aus seiner Kehle. Er schluchzte ihren Namen. Karolin stand still, ließ die Pelzkappe an sein Ohr sinken und das Gesicht an ihm ruhen, Haut an Haut. Als sie sich löste, spürte er ihre Tränen kalt werden. In der Höhle setzte er sie auf das Laubnest, legte ihr die Decke um und blies dann, auch weil ihm nichts anderes einfiel, in das Stinkfeuerchen, bis die Flammen hochschlugen und ihr verletztes Gesicht beleuchteten. Er verfluchte sich, dass er keinen Schnaps mehr hatte, um ihre Wunden zu reinigen. Nach einer Weile legte sich das Mädchen hin und rollte sich ein. Caspar sah ins Feuer. Als er sicher war, dass sie schlief, lupfte er die Decke und kroch zu ihr. Ihr seltsamer Tiergeruch ließ sein Herz schnell schlagen. Doch schob er es auf den Hunger, der seinen Bauch durchwühlte, dass er lange wach lag neben ihr.

33

Als er die Augen öffnete, war es hell und das Lager neben ihm leer. Er durchwühlte das Laub und fand tote Insekten, die er, ohne zu kauen, schluckte. Dann rannte er zum Rattenbach, stillte Durst und Ekel und vertrieb durch den vollen Wasserbauch den Hunger für eine Weile. Nicht weit von hier gab es einen Einödhof. Dort wollte er um Brot betteln. Es war riskant, aber der Hunger ließ ihm keine Wahl. Auf dem Weg dahin lag der Schnee nur noch in den Mulden und Furchen, die die flache Frühjahrssonne nicht erreichte. Caspar kam nur langsam voran. Immer wieder musste er sich an einen Baum lehnen oder in die Hocke gehen, um einen Schwächeanfall zu überwinden. Als er den Hof erreichte, fand er ihn verwaist. Alle Fenster und Türen verriegelt. Kein menschliches Zeichen, kein Tierlaut. Er ging ums Haus, klopfte und rief mehrere Male, doch keiner antwortete. Wie in der Köhlerhütte, wollte er eine Tür eintreten, doch waren die Schlösser zu stark und sein Körper zu schwach.

Erschöpft machte er sich auf den Weg zurück zur Höhle. Als er sich näherte, roch er von weitem schon den Rauch, hörte bald ein Prasseln und Knistern. Das war ein großes Feuer, und es brannte im Freien. Durch die Stämme hindurch sah er es unmittelbar vor der Höhle flackern und Karolin, die es geschäftig umkreiste. Sie verschwand, kam wieder, warf etwas hinein, hüpfte vor den Flammen auf und ab, breitete die Arme aus, warf den Kopf in den Nacken. Die Flammen schlugen mannshoch in den blauen Märzhimmel.

Caspar sah, dass sie lachte. Er winkte ihr zu, keuchte den Hang hinauf, kauerte sich vor das Feuer, rieb die Hände aneinander. Karolin ging in die Höhle, kam mit einem Stoffbündel unter dem Arm zurück und legte es vor ihm auf den Boden. Mit einem schrägen Blick von unten und einem geheimnisvollen Raunen begann sie, es auszuwickeln. Caspar warf ungeduldig die Finger dazwischen, doch sie wehrte ihn ab und machte unbeirrt weiter. Endlich sah er, was er seit Minuten roch. Eine geräuchte Wurst, das Viertel von einem Brotlaib, Äpfel. Zuletzt griff das Mädchen in die Tiefen ihres Pelzgewandes und zauberte zwei unversehrte Eier hervor. Sie waren körperwarm. Caspar bohrte sie mit der Spitze seines Messers an und sog sie gierig leer. Dann aßen sie beide. Schließlich rieb sich Karolin das Fett von den Fingern, suchte den Waldboden ab, kam mit noch mehr dürren Ästen und Zweigen zurück, die sie ins Feuer warf, dass die Funken flogen. Der Wind fuhr hinein und es loderte auf. Nun ging sie ein paar Schritte rückwärts, beugte die Knie, kniff die Augen zusammen, holte tief Luft und begann zu laufen. Sie rannte auf das Feuer zu, so schnell sie konnte, sprang einen Fußbreit vor dem Flammenhaufen ab und setzte in einem gewaltigen Sprung darüber hinweg. Sie schnellte ins Blau, flog, die Beine zu einer Geraden gestreckt, über das Feuer, landete und federte ihren Körper ab wie eine Katze. Die Pelzmütze rollte den Hang hinab.

«Ah!» Sie schüttelte die Haare und schrie ihre Freude in die Frühlingsluft hinaus. Dann begann sie, am Feuer zu tanzen und sang mit rauer Stimme dazu. Caspar fiel ein, sie sangen laut und falsch. Karolin hüpfte und sprang, Caspar stampfte auf und ab. Dann und wann warfen sie Laub und Reisig nach und stachelten das Feuer auf, noch höher zu brennen, noch wilder zu züngeln. Als es dunkelte, war alles verbrannt und zur Glut zusammengesunken. Müde setzten sie sich davor und wickelten sich in die Decke.

Caspar rieb sein Gesicht an ihrem Pelzkleid. «Allerleirauh», flüsterte er. Sie lachte sehr leise. Er musste sich räuspern. «Hast du in letzter Zeit den Melcher gesehen?»

«Er hat im Schwan herumgetobt. Wollte dich holen. Dass er dich im Viereck rumschlägt, hat er gesagt. Totschlägt, das hat er auch gesagt. Er schlägt dich tot.»

«Das macht der nicht. Dann kriegt er kein Geld mehr für mich.»

«Jeden, der dich versteckt, wird er ebenfalls totschlagen. Also mich.»

Karolin ließ sich nach hinten sinken und zog den Jungen, der mit ihr in die Decke gewickelt war, zu Boden. Er lag ein bisschen auf und ein bisschen neben ihr, und weil er nicht wusste, was tun, bewegte er sich nicht. Später wachte er auf, und es war dunkle Nacht. Das Mädchen lag schlafend in seinem Arm, der taub geworden war und Caspar an die Leichenhand denken ließ, die er angefasst hatte, die seine eigene gewesen war, ein Teil von ihm, fremd wie der Mond, fremder als sein Vater, dem er nie begegnet ist. Eine Hand, die an dir festgemacht ist, und mit dir lebt Tag für Tag. Sie gehört zu dir, du würdest sie unter hundert anderen Händen wiedererkennen, und doch ist sie ein fremdes Teil, das neben dir liegt, das du berührst, doch du berührst damit nicht dich, denn die Hand ist kalt und tot und ekliger als das ausgemergelte Suppenhuhn im Schoß der Melcherin. Caspar zog seinen Arm hervor und schüttelte ihn, bis er wieder warm wurde. Dann grub er ihn unter das Mädchen und trug es in die Höhle.

Als Karolin Tage später wieder zu ihm in die Höhle kam, sagte sie: «Du solltest mit nach Exenheim kommen.»

Caspar lächelte. Seit einer Weile schon hatte er mit ihr darüber reden wollen. Während sie immer neue Esswaren aus ihrem Korb hob, erzählte sie ohne Unterbrechung von Exenheim, vom Schwan, von Resi, die nun schon alt und zittrig war, von der Kreszenz, von der Manufaktur, in der sich Sonderbares abspielte. Der Direktor Fux sei äußerst guter Dinge, hätte neue ausländische Geschäftspartner, wolle Leute einstellen, es sei wie ein Fieber, da könne doch auch er um Arbeit nachfragen. In Caspar schwirrte und kribbelte es: Er würde einer von ihnen sein. Ein Mann vom weißen Corps. Exenheim zuerst, Anspach später. Sie überlegten, planten, verwarfen, setzten seine Rückkehr auf die übernächste Woche fest.

Als sie sich einig waren, hob Karolin den Kopf und betrachtete ihn nachdenklich. «Du wirst meine Hilfe brauchen.»

Caspar wartete ab. Jetzt würde kommen, was er schon seit Tagen befürchtete.

«Ich werde mit Resi reden und schauen, wo du unterkommen kannst, bis du Arbeit hast. Dafür musst du etwas tun. Du musst mir das Geld zurückgeben, das wir gesammelt haben. Es gehört mir. Ich will weggehen.»

Caspar sah mit zusammengekniffenen Augen aus der Höhle. «Es ist nicht mehr da. Jemand hat den Beutel gefunden und gestohlen. Ich weiß auch, wer.» Er sah sie durchdringend an, doch sie wussten beide, dass sie es nicht gewesen war. «Komm und sieh nach, wenn du mir nicht glaubst.» Er führte sie in den hinteren Höhlenraum und zeigte ihr die Felsnische, in der das Messer und die Geldbörse gelegen hatten. Karolin steckte die Hand hinein, zog sie zurück. Ihre Finger waren dreckig, aber leer. Sie lächelte.

«Du wirst es wiederfinden, und dann komme ich und helfe dir bei deiner Rückkehr nach Exenheim.»

Caspar konnte tagsüber nicht still sitzen und nachts nicht schlafen. Er ging auf und ab, ließ sich nieder, sprang wieder hoch, schnürte seinen Beutel zu und sah in allen Ecken nach, ob er auch nichts vergessen hätte. Am Tag vor der Rückkehr ging er an den Bach und wusch sich den Kopf und den Körper, klopfte seine Kleider aus, zog sich an, hängte sich den Beutel um und setzte sich, als es dämmerte, vor die Höhle, wo er wartete.

34

Der Mond hatte sich über den Horizont geschoben und glitzerte nun wie eine Silbermünze am Himmel. Ein gutes Zeichen. Caspars Augen suchten den Waldrand ab. Da löste sich aus der Dunkelheit eine Jungengestalt und bewegte sich auf die Höhle zu. Caspar sprang auf, suchte nach einem Stock und erwartete den Unbekannten mit zusammengekniffenen Augen. Der blieb in sicherer Entfernung stehen und wartete ab.

Auf einmal ertönte der Pfiff, mit dem Karolin sich gewöhnlich ankündigte. Caspar wandte den Kopf, doch da kam der Unbekannte näher. Als er den Schlapphut abnahm, erkannte Caspar Karolins porzellanhelles Gesicht. Sie trug das Pelzgewand nicht mehr. Ein Paar Männerhosen, die ihr bis an die Knöchel reichten, einen Kälberstrick, mit dem sie die übermäßige Weite in der Taille raffte, eine Jacke aus dunklem Tuch, ausgetretene Schuhe und ein abgeschabter Hut machten sie zum Jungen. Die langen Locken hatte sie auf Kinnhöhe abgeschnitten. Sie zupfte an ihren Hosenbeinen und murmelte: «Meine Mutter hat das Fell ins Feuer gesteckt.»

Caspar hob die Hand, ließ sie wieder sinken, wusste nichts zu sagen. Dann öffnete er seinen Beutel, kramte darin und zog ein kleines Stoffpäckchen hervor. Als er es in Karolins Hand drückte, klimperte es darin. «Ich habe halbe-halbe gemacht.» Caspar zuckte mit den Schultern und starrte auf seine Schuhe.

Karolin vergrub das Geld in einer ihrer Taschen. Sie drückte sich den Hut wieder auf die Haare und huschte voran. Caspar setzte bedächtig Fuß vor Fuß. Frühlingsluft sank aus dem Nachthimmel herab. Immer wieder blieb er stehen und atmete tief. Ihm war, als tränke er die Luft und mit ihr sein neues Leben. Die lichtgrünen Schleier, in die die Kronen der Buchen sich gehüllt hatten, spürte er mehr, als dass er sie sah. Alles war leicht, durchscheinend, flüchtig. Alles verhieß für einen langen Augenblick das vollkommene Glück.

Karolin war etwas abseits stehen geblieben und wartete, bis er bereit war weiterzugehen. Sie führte Caspar auf einen Weg, den er nicht kannte. Fernab der Straße liefen sie durch den Wald, kamen auf Schleichwegen in die Iaxtauen, die sie gebückt durchquerten, gingen vorsichtig über die Brücke, huschten durch winklige Gassen, über stinkende Hinterhöfe und durch die hintere Küchentür in den Schwan.

Suppendampf und Zwiebeldunst. Resi stand gebückt vor der offenen Herdtür und sah in die Flammen. Als sie die beiden erkannte, schob sie sie ins Treppenhaus und gab Karolin einen Zimmerschlüssel. Die Schlafkammer war leer bis auf zwei Betten, die links und rechts an der Wand standen, und einen Stuhl mit Resis Habseligkeiten. Caspar betrachtete Rosenkranz, Weihwasserflasche, Gebetbuch, ein Fläschchen mit einer Tinktur, einen Waschtisch unter dem Fenster und einen kleinen Spiegel an der Wand. Karolin setzte sich auf ihr Bett. Caspar spritzte sich kühles Wasser ins Gesicht und wischte es mit dem Hemdsärmel trocken. Er strich sein Haar aus der Stirn, hielt es mit der flachen Hand auf dem Kopf fest und versuchte, sich in die Augen zu sehen, die er lediglich als ein schwarzes Glimmen erkennen konnte, denn das Mondlicht fiel als schwacher Schimmer in den Raum. Unter den Augen sprang die Nase hervor und ein großer Mund zeigte, wenn er wie jetzt lächelte, eine Reihe breiter Zahnschaufeln und in den Mundwinkeln die Innenseiten der Backen. Caspar betastete eine Pustel auf seinem Kinn und lächelte noch einmal. Er gefiel sich gut.

Karolin hatte sich, die Beine noch immer am Boden, zur Seite gelegt. Ihr Haar bedeckte ihr Gesicht. Sie atmete tief. Caspar setzte sich auf das Bett ihr gegenüber und wartete. Er sah zu Boden und beobachtete, ob die Schatten, die das

Mondlicht warf, sich veränderten. Karolin seufzte, zog die Beine hoch, drehte sich zur Wand und schlief weiter. Caspar zappelte mit den Beinen. Seine Knie hüpften ungeduldig auf und ab. Dann und wann stand er auf, streckte den Rücken durch und sah in den Nachthimmel. Der Mond war klein, quittengelb und makellos rund. Caspar streckte sich auf das Bett und wurde müde, sträubte sich dagegen. Keinen Augenblick seines neuen Lebens wollte er versäumen. Um sich wach zu halten, nahm er Resis Buch, das er bis dahin für ein Gebetbuch gehalten hatte, öffnete es und las.

Helles Klopfen, in schneller Folge, wie von einem Specht. Caspar kam aus einem Sturmwald. Brausendes Schütteln um ihn her. Kronen bogen sich nieder, Bäume brachen sich den Hals und fielen krächzend um. Forderndes Klopfen noch einmal. Caspar war hellwach. Kaltes Grau schwappte ins Zimmer. Der Mond war untergegangen. Karolin wälzte sich murrend und zog die Decke fester um sich. Caspar erhob sich und öffnete. Resi stand an der Tür und machte den Mund auf, um etwas zu sagen. Doch da erschien hinter ihr das Fladengesicht der Kreszenz, und es war ganz unverändert nach all den Jahren.

35

Was Caspar jetzt erlebte, kannte er bereits. Ohne ein Wort griff die Schwanenwirtin nach seinem Arm, umschloss sein Handgelenk mit eisernem Griff und zerrte ihn hinter sich her, die Treppe hinab und hinaus auf die Straße. Caspar, der die Dicke inzwischen um Haupteslänge überragte, riss seinen Arm mit einem Ruck zurück, sodass sie loslassen musste. Er schüttelte die Schultern, ging an der Frau

vorbei und gegen ihren Protest nicht durch die Spital-
gass Richtung Schlossvorstadt und aufs Schloss, wo sie
beim Amtmann vorstellig werden wollte, sondern durch
die Schmiedgass und das Iaxttor, den toten Arm des Flusses entlang, an den Schlämmbecken vorbei und weiter, die
Landstraße hinab. Die Wirtin eilte laut rufend hinter ihm
her, und als sie ihn eingeholt hatte, versuchte sie keuchend
ein Gespräch. Caspar beschleunigte seinen Schritt, erreichte nach einer halben Wegstunde die Fabrique des Herrn
Fux und trat durch das Tor in den Innenhof.

Ein Baugerüst kleidete die gesamte Frontfassade des
Gebäudes ein, große Haufen von Sand und Erde lagen im
Hof, und Ziegelsteine waren entlang der Umfassungsmauer aufgestapelt. Männer gingen mit Schubkarren und
Eimern hin und her. Sie trugen Schutt aus dem Haus und
brachten Wasser, Sand und Ziegel hinein. Caspar ging über
ein staubiges Brett, das die Stufen am Eingang der Manufaktur federnd überbrückte, und trat in den Lärm der Baustelle. Die rückwärtige Wand des Gebäudes war aufgebro-
chen. Ein Fuhrwerk hätte ungestreift durch die Öffnung
hereinfahren können, doch bereits wurde sie von mehreren Maurern, einen Schritt nach außen versetzt, wieder hochgezogen. Mitten im Lärm, Staub, Gehämmer und
Dreck stand ein alter Mann. Seine hellen Hosen und sein
dunkler Rock waren fleckig, sein Haar lugte in grauen Bü-
scheln unter dem staubigen Dreispitz hervor. Der Mann
schrie etwas in einer fremden Sprache, stapfte mit kla-
ckendem Schritt und zitternden Schuhschnallen durch den
Raum, trat mit einem Absatz auf einen Steinbrocken, geriet ins Strudeln, fing sich auf, riss die Hosen hoch, den Hut
vom Kopf und verwarf mit einer wilden Geste die Arme.
Caspar lachte laut. Der Alte fuhr herum. Da erkannte Caspar die marmorierten Augäpfel und sah im Blick des Alten

die undeutliche Erinnerung an ihre erste Begegnung im Wald aufsteigen. Caspar verstummte, schluckte, sah beiseite. Der Alte aber winkte den Jungen zu sich, umrundete ihn einmal, kniff ihn in die Oberarme, befühlte die Muskeln seiner Schenkel, rieb sich das Kinn und bedeutete ihm dann, er solle einen mit Schutt gefüllten Eimer hinaustragen. Caspar ging nicht zu langsam, damit er nicht faul erschien, und er ging nicht zu schnell, damit er seinen Wellengang verbergen konnte. Die Wirtin, was wollte die denn noch hier?, schwafelte ununterbrochen. Wie schwer sie es habe als allein stehende Witfrau, der Junge gehöre ihr nicht, sei jedoch ein kräftiger Bursche, an harte Arbeit gewöhnt und stünde ab sofort zur Verfügung, ja, er könne, sofern gewünscht, gleich hier bleiben, wie viel der gnädige Herr wohl zu zahlen bereit sei?

Der Alte wedelte abwehrend mit der Hand durch die Luft, folgte Caspar nach draußen, wo er mit knarrender Stimme rief: «Michou.» Polternde Schritte auf dem Baugerüst. Caspar setzte den Eimer ab und legte den Kopf in den Nacken. Im Märzhimmel über ihm, auf dem obersten Brett des Baugerüsts erschien ein breitflächiges Männergesicht. Schwarze Brauen, wie mit dem Pinsel aufgemalt, geschwungene Nüstern, Hängebacken und gelbe Schaufelzähne im lachenden Mund. Über die Schulter rollte ein aschblonder armlanger Zopf. Kreszenz folgte Caspars Blick und verstummte. Noch einmal bedeutete der Alte Caspar, mit dem Eimer den Hof zu überqueren. Während Caspar ging, wurde er sich gewiss. Das war er. Das war der Michel Schwartz, Bortzlanmaler, Frauenheld, Bruder Leichtfuß, Tunichtgut. Das war sein Vater.

Dieser wiegte nun den Kopf, zuckte die Schultern. «Soll für heute bleiben.» Kreszenz atmete laut, zupfte ihren Schurz zurecht und begann sofort wieder vom Geld zu sprechen. Caspar nahm sie am Handgelenk, führte sie durch den Hof und bugsierte sie vor das Tor. Er war jetzt ein Arbeiter der Fux'schen Fayencemanufaktur zu Exenheim und würde seine Angelegenheiten selbst regeln.

36

Caspar schleppte Ziegel, brachte Schutt weg, rührte Speis an, ging den Maurern zur Hand, erledigte Botengänge und verräumte Kellen, Schaufeln, Senkblei. Am Abend, wenn alle gegangen waren, und es im ganzen Gebäude still wurde, fegte er Staub und Mörtel aus der Eingangshalle. Er kam, wenn es dämmerte, und ging, wenn es dunkel wurde. Im Schwan hatte er ein Zimmer unter dem Dach bezogen, für das ihm Kreszenz den größten Teil seines Lohns abnahm. Lieber hätte er mit den anderen Männern in der Fabrique gewohnt, doch wegen des Umbaus waren dort keine Schlafplätze frei.

Immerhin sah er Karolin jeden Tag und konnte, wenn ihre Mutter mit einem der Gäste ins Gespräch vertieft war, auch ein paar Worte mit ihr wechseln. Der Melcher ließ sich auch in den nächsten Wochen nicht sehen, und so führte Caspar trotz der harten Arbeit ein unbeschwertes Leben. Einzig wenn er durch die Baustelle ging und an einer Gruppe Männer vorbeikam, verstummte fast immer das Gespräch. Caspar dachte sich nichts dabei, denn er war ein Bankert und daran gewöhnt, dass man mit ihm nichts zu tun haben wollte. Er war ein anderer und gehörte nicht dazu. Das war in Ludwigsburg, das war im Schwan, das war beim Melcher so gewesen. Wieso sollte es hier anders sein?

An einem schwülen Abend im späten Juli räumte er

länger als gewöhnlich auf. Der Fux hatte angeordnet, nacheinander den Malersaal, die Dreherstuben, die Lager und die Keller zu räumen, und Caspar musste alles sauber machen, bevor die Räume neu eingerichtet und für die Porzellanherstellung ausgestattet wurden. Er kehrte den Malersaal. Aus dem Bureau des Fux quollen dumpfe Laute eines Gesprächs. Zwei Stimmen, die sich abwechselten, dann hoben und nacheinander laut wurden. Caspar kehrte. Muffiger Staub, tote Fliegen, abgebrochene Spinnenbeine, alles wirbelte vor seinem Besen her durch den Saal, stob auf, legte sich als feiner Pelz auf dem Bretterboden und den Fenstersimsen nieder. Die Stimmen waren zu einem Gemurmel zusammengefallen. Caspar fegte alles noch einmal auf und sah dem Staub zu, wie er im Dämmerlicht tanzte und flog. Er kehrte und staubte alles ein. Schweiß und Dreck legten sich als schützende Schicht auf Haut und Haare. Schwer lastete die abendliche Gewitterluft auf seinen Schultern und presste seine Rippen zusammen. Es kam ihm vor, als rühre er mit seinem Besen darin herum wie in einer zähen Flüssigkeit.

Da öffnete sich die Tür zum Bureau des Fux, und der Schatten eines Mannes verdunkelte die Öffnung. Der Streit war verstummt, und nun stürmte der, den sie Michou nannten, mit langen Schritten an ihm vorbei, trabte mit vorgerecktem Kinn durch den Saal und polterte die Treppen hinab. Caspar eilte ans Fenster und sah den Mann durch die schweflige Luft davongehen. Im Hof traf er auf den alten Gerbet und geriet mit ihm in einen Wortwechsel. Beide Männer öffneten und schlossen die Münder, bewegten die Arme auf und ab, ruckten mit den Köpfen. Wie Ameisen, dachte er. Zwei Ameisen, die sich begegnen und begrüßen. Nun stapfte der Michou weiter, der Alte rief ihm etwas in den Rücken, worauf der Michou sich umdrehte, ein paar Schritte zurückkam, die Brust nach vorn streckte, etwas blaffte und die Faust schüttelte. Gerbet trat auf den anderen zu und begann mit den Handflächen die Luft zu zerhacken.

Caspar kam es auf einmal ganz ausgeschlossen vor, dass ihm diese beiden Männer vor wenigen Monaten in weinseliger Freundschaft auf einem Waldweg begegnet waren. Jetzt schrien sie sich an, ließen dann sehr plötzlich voneinander und drehten ab, jeder in seine Richtung. Der Streit hatte mit dem Besuch des Michou beim Fux zu tun, vermutete Caspar und sah sich bestätigt, als er den Fux aus dem anderen Fenster schauen und sich den Bauch streichen sah. Am Albrand rumpelte das Gewitter. Die Schwüle war unerträglich geworden. Caspar kehrte den Dreck zusammen, füllte einen Kübel bis zum Rand, leerte ihn, füllte ihn noch einmal bis zur Hälfte, leerte ihn wieder. Als der Wind aufkam und die Krone der Kastanie schüttelte, machte er sich auf den Weg in den Schwan.

37

Noch bevor der Amtmann ihn sah, roch und hörte er den Regen. Das Wispern fallender Tropfen huschte durch die Kronen der Apfelbäume unter seinem Fenster, und aus der frisch gemähten Wiese stieg der Geruch feuchter Halme und schwerer Erde. Bröm hob den Blick von seinen Papieren, zerrte an seinem Jabot und öffnete den Kragen. Seufzend sog er die Luft ein und schrieb weiter an seinem Brief. *Es ist von hochfürstl. Exenheim. Regierung mir aufgetragen worden, euch Melchior Schwartz von Simmisweiler mitzutheilen, daß wegen dem Schwartzisch unehelichen Kind Verpflegung, keine weiteren 100 fl. können verabreicht werden.* Was für ein Ärger. Hatte doch der Melcherbauer die Dreistigkeit besessen, vor kurzem noch einmal vorstellig zu werden und um weiteres Geld für den Unterhalt des Jungen nachzusuchen, der, wie Bröm von seiner Frau Mama erfahren hatte, bereits seit Monaten vom Bauernhof entflohen und in der Fabrique untergekommen war. Bröm ließ die Feder sinken. Welche Frechheit!

Genauso eine Unverschämtheit wie diejenige von letzter Woche, als zwei Männer bei Bröm erschienen waren und behaupteten, Geschäftspartner des Fabrikbesitzers Fux zu sein. Der ältere hatte ein von Brandnarben gezeichnetes Gesicht und trug eine schlecht frisierte Perücke. Seine Ärmelaufschläge waren zerfranst und die stärker beanspruchten Stellen der Kniehosen blank. Er kaute Tabak und hielt sich im Hintergrund, während der andere, ein Kerl von aufdringlicher Körperlichkeit und großspuriger Gestik, der durchdringend nach schlechtem Wein und etwas unbestimmt Tierischem roch, in französisch durchsetzter Mundart behauptete, der Porzellanmaler Kaspar Michael Schwartz zu sein. Noch bevor die üblichen Begrüßungsfloskeln ausgetauscht waren, hatte er die Herausgabe seines gesamten Vermögens verlangt und darüber hinaus einen beträchtlichen Anteil Zinsen in Rechnung gestellt. Bröm sah ihn an, sah durch ihn hindurch und schwieg. Er erhob sich, trat ans Fenster, wippte auf den Zehen, ging, ganz ohne die beiden Männer zu beachten, wieder an sein Schreibpult, setzte sich, faltete die Hände und schwieg. Nicht durch unsere Handlungen, sondern durch unsere Unterlassungen werden wir geformt, dachte der Amtmann, lächelte und schwieg noch eine Minute. Schließlich erklärte er sich bereit, eine Herausgabe des Vermögens zu prüfen, gekürzt allerdings um die Summa,

die für den Unterhalt des illegitimen Sohnes hatte aufgewendet werden müssen. Schwartz wisse doch von dem
unehelichen Kind, das die Mutter hier vor Jahren ausgesetzt habe? Sicher hätte er die Briefe, die der Amtmann
ihm nach Nyon gesandt habe, erhalten. Nur seine Antwort mit der Einverständniserklärung müsse auf dem Weg
nach Norden verloren gegangen sein. Der Amtmann lächelte falsch. Schwartz blinzelte einige Male und schwieg.
Bröm klingelte nach dem Saaldiener und verabschiedete
die beiden Männer. Dann riss er die Fenster auf und lüftete
lange.

In Erinnerung an diese Begebenheit sprang ein Lächeln
über sein Gesicht und ließ es jung und offen aussehen.
Schnell schloss er sein Schreiben an den Melcher mit zwei
knappen Sätzen, in denen er die Rückforderung des Geldes
verlangte, denn ihm war ein höchst eleganter Lösungsweg
für die ganze Finanzproblematik in den Sinn gekommen,
die auch ihn für seinen Zusatzaufwand entschädigen würde. Bröm würde eine kleine Fahrt nach Anspach unternehmen und dort der Mutter des Jungen, respektive deren
zweitem Mann, dem Sauer, das Geld für den Unterhalt des
Kindes abverlangen. Anschließend würde er dem Melcher
Rechnung stellen für die über Jahre hinweg veruntreuten
Unterhaltsgelder aus dem Vermögen des Schwartz. Dann
würde er dem Michel Schwartz, diesem Kerl, bestätigen,
dass die Teile aus seinem Vermögen, die für den Unterhalt
des Wechselbalgs aufgewendet worden waren, unwieder-
bringlich dahin seien. Das würde zuletzt ihm, Bröm, einen
kleinen Zusatzverdienst in Höhe von ungefähr 300 Gulden bringen und diesen würde er in ein neues *Tintenzeug
aus ächtem Feinporzellan*, einen Überrock nach feinster
französischer Art und eine lang ersehnte Italienfahrt in-
vestieren. Mit kratzender Feder kritzelte er Abschiedsflos-

kel, Namen und Titel unter seine Zeilen, faltete das Papier, tropfte Lack darauf und knallte mit der Faust das Siegel in die heiße Flüssigkeit, dass die roten Tropfen spritzten.

38

Das Gewitter überraschte Caspar auf dem Heimweg. Er war langsam gegangen und hatte nachgedacht. Der Michel und der Gerbet hatten Streit. Der Fux freute sich darüber. Der Umbau der Fabrique sollte im Herbst abgeschlossen sein, das hatte er die Arbeiter reden hören. Was sollte er tun, damit der Fux ihn nach dem Umbau behielt und nicht wieder fortschickte? Als die ersten Tropfen fielen, beschleunigte er seinen Schritt. Der Regen fiel dicht und schnell. Caspar hatte einen Entschluss gefasst. Zuerst jedoch wollte er mit Karolin reden. Nun begann er zu laufen. Durch den dichter werdenden Regenvorhang eilte er weiter Richtung Exenheim, hielt sich jedoch außerhalb der Stadt und rannte auf der Landstraße nordwärts der Höhle zu. Schwere Tropfen rannen in seinen Kragen, liefen kitzelnd über Hals und Nacken und durchweichten das Hemd, bis es als nasser Lappen auf der Haut klebte. Caspar lief schnell, und ihm wurde nicht kalt. Gleichmäßig stiegen die Bewegungen von den Zehen über die Knöchel ins Knie, übertrugen sich auf die Oberschenkel, die Hüften, den Rumpf. Sein Herz schlug fest, sein Atem ging gleichmäßig. Luft füllte seinen Oberkörper, weitete ihn, entwich, füllte ihn wieder. Er war jung. Er war stark. Er lief und lief. Dann und wann sprang er in eine Lache, platschte er in ein Regenloch. Und aller Staub rann in grauen Schlieren über seine Haut davon. Die Arme schwangen im Rhythmus seiner Schritte. Die Augen tasteten den Boden ab, und er passte seine Bewegungen jeder Unebenheit an, die sie entdeckten. Das Gewitter kam näher, krachte ein paar Donnerschläge lang über seinem Kopf und verzog sich dann rumpelnd hinaus ins Oettingsche.

Caspar wurde nicht müde. Er bog von der Straße ab, lief durch die Wiese, in den Farnwald, über die Lichtung und aus dem Wald. Laut atmend blieb er stehen und beobachtete den Höhleneingang. Alles schien ruhig. Der Regen fiel in endlosen Schnüren. Er trommelte, klopfte, hämmerte und prasselte auf das Farnlaub, das ihn umgab. Aus der Höhle stieg ein Rauchfaden. Karolin. Er rannte den Hang hinauf, schlich gebückt durch den Eingang und fand das Mädchen an einem qualmenden Feuerchen sitzen, ein Huhn in der Hand, das sie rupfte. Die Federn wirbelten. Neben ihr lag ein großes Messer. Daunenflaum hing in ihren schwarzen Haaren und zitterte jetzt, da sie den Kopf hob und ihn ansah. Caspar nickte kaum merklich. Sie lächelte und neigte kurz das Ohr zur Schulter. Caspar zog das Hemd und die Stiefel aus und hängte alles in die Nähe des Feuers, um es zu trocknen. Als er sich neben das Mädchen setzte, stoben die Federn und senkten sich dann als Flaumschicht über sie beide. Einzelne blieben auf seiner nassen Haut kleben. Karolin arbeitete flink. Bald war der Vogel nackt. Jetzt nahm sie das Messer, schnitt ihm Kopf und Füße ab, stutzte die Flügel, schnitt in die Halshaut am Rücken, löste Kropf und Luftröhre heraus, steckte dann die Messerspitze in sein Loch und schlitzte ihn bedachtsam auf. Die Innereien waren glitschig. Karolin zog sie mit drei Fingern heraus, wobei sie besonders darauf achtete, dass die Gallenblase unverletzt blieb. Dann warf sie alle Innereien vor die Höhle. Caspar sah sie verblüfft an, doch Karolin schüttelte lachend den Vogel an einem Bein, dass die Flügelstummel wippten. «Der reicht doch für uns beide.»

Caspar, der vor allem Herz und Magen liebte, schwieg. Das Mädchen nahm einen brennenden Stecken aus dem Feuer und sengte dem Huhn die Stoppeln ab. Nun schnürte sie ihm Flügel und Beine fest an den Leib, spießte es auf einen Stecken und übergab beides Caspar, der es über das Feuer hielt und langsam drehte. Karolin kramte eine Nadel hervor, zog einen Faden auf und begann die größten der Federn aufzureihen, indem sie die Nadel quer durch die Kiele führte. So füllte sie Faden um Faden, jeder einzelne von ihnen gut klafterlang. Sie arbeitete stumm. Caspar drehte das Huhn.

«Ist der, den sie Michou nennen, dein Vater?», fragte sie und fügte dann schnell hinzu, als müsse sie ihre Neugier rechtfertigen: «Resi sagt, dass Kreszenz gehört hat, wie die Porzelliner im Schwan davon sprachen.»

«Mein Vater ist tot. Ich habe sein Grab gesehen», log Caspar schnell.

Karolin ordnete die Federn der Länge nach, betrachtete sie nachdenklich, nahm dann einen aus der Mitte, stach die Nadel durch den Kiel, zog den Faden durch und schlang einen Knoten dicht vor der Feder, bevor sie die nächste aufspießte.

«Sie sagen auch», fuhr sie fort, «dass er in der Welschen Schweiz war und dass er frischen Wind in die Fabrique vom Fux bringt, dass alles neu würde, dass die beiden Fremden echtes Feinporzellan herstellen könnten und dass sie bald sagenhaft reich sein werden.»

«Sie sagen, sie sagen», äffte Caspar sie nach. «Wenn das wahr wäre, müsste ich es doch wissen, schließlich arbeite ich jeden Tag dort.»

Doch nun war ihm klar, warum so eilig an dem neuen Ofen gebaut wurde, von dem nur der Gerbet wusste, wie er zu bauen sei. Ein Arkanist. Der alte Mann war ein Arkanist und kannte das Geheimnis der Porzellanherstellung.

Noch bevor Caspar wusste, wie er das Gespräch wenden konnte, um von seinen Plänen zu reden, legte sie ihm eine Hand auf die Schulter und blies ihm die Daunen vom Kopf. «Du Kaschperle, was weißt du schon.»

Caspars Faust samt Stecken und Huhn zitterte. «Lass mich.» Mit einem Ruck schüttelte er ihre Hand von der Schulter, starrte in die Glut und schwieg bissig. Auf einmal fühlte er sich bloß und schutzlos. Er legte das Huhn einfach ins Feuer, zog sich das Hemd und die klammen Stiefel wieder an, letztere waren es vor allem, die ihn sicherer und ruhiger machten. Während er das angesengte Huhn weiterdrehte, wusste er, dass es ein Irrtum war, mit Karolin über seine Zukunft zu sprechen. Sie saß neben ihm und fädelte unbeeindruckt Federn auf, und als das Huhn gar war, hatte sie sicher ein Dutzend Ketten fertig. Sie aßen schweigend, Caspar erhob sich, verließ das Mädchen grußlos und ging durch die Dunkelheit zurück in den Schwan.

39

Er betrat das Wirtshaus durch die Küchentür. Resi saß da, ihre Strickarbeit im Schoß, und döste. Durch die Zwischentür drang der Gesang der Männer aus der Gaststube. Sie waren wohl seit geraumer Zeit nicht mehr nüchtern. Eine dreifarbige Katze kam unter dem Lehnstuhl, in dem Resi saß, hervor, und schlich um Caspars Beine. Behutsam strich er mit der Außenseite der Finger über die papierene Wange der alten Frau. Erschrocken sah sie auf, öffnete die zusammengetrockneten Lippen, bewegte die Kiefer und murmelte etwas. Zweimal musste sie mit dem Oberkörper schaukelnd das Gewicht nach vorn verlagern, bis es ihr mit Caspars Unterstützung gelang, sich vom Stuhl hochzustemmen. Sie nahm das Licht von der Wand, verließ die Küche und knarrte langsam die Treppen hoch.

«Gut Nacht.» Caspar sagte es mehr zu sich selbst, während er leise die Tür zum Treppenhaus schloss und zu den anderen in die Wirtsstube ging. Kreszenz wogte mit rotem Gesicht hin und her. Sie schleppte Krüge, Schüsseln, Teller, sie zapfte Bier und Most, sie schenkte Wein ein. Über allem lag wie eine dicke Decke der Dunst, der aus verregnetem Tuch und den Hälsen betrunkener Männer drang. Caspar setzte sich an den Tisch der Porzelliner. Sie dämpften die Stimmen ab, erzählten sich was, brachen mit einem Knall in schreiendes Gelächter aus, tuschelten wieder, lachten brüllend. Caspar konnte nicht verstehen, worum es ging.

Schließlich sprach der Schwarze ihn an. «Der Michou», es klang wie ‹Mischmasch›, «der kann sich nicht an dich erinnern.»

Caspar betrachtete seine Hände und beschloss, so zu tun, als hätte er nichts gehört. Doch der Schwarzgesichtige, den sie den Allgäuer nannten, ließ nicht locker. «Er weiß nicht, wie er dich gemacht hat. Dabei heißt er Schwartz wie du. Und mit Vornamen Kaschper. Wie du. Er sagt, er kann all die Bastarde nicht zählen, die er gemacht haben soll. Da tät er zwei Jahre lang nur rechnen und zählen. Sie hätten ihn halt gern, die Weiber. Er könne auch nichts dafür.»

«Jetzt lass den Bue. Der isch doch noch klein. Der hat ja noch nicht mal Haare unten rum. Gell?» Der Hess neben ihm lachte und entblößte seine gelben Vorderzähne bis ans graue Zahnfleisch. Jetzt strich er Caspar auch noch mit der Hand über den Kopf.

«So dumm aber auch.» Der Schwarze insistierte. «Dabei hat der Mischmasch jetzt richtig viel Geld vom Schloss abholen können. Aber davon kriegt der Herr Bankertsohn nichts. Das kriegt der Fabrikdirektor Fux, und der macht damit schnell, schnell, das feinste Feinporzellan und wird, zackzack, noch schneller reich. Und der Herr Bankertsohn sitzt, wenns hoch kommt, auf einem Dreherstühlchen, arm, wie der liebe Gott ihn schuf.»

Alle lachten. Dann kam vom unteren Ende des Tischs der Ruf, er solle ihn sehen lassen. Caspar wollte nicht verstehen, was jetzt vor sich ging. Doch der Hess griff den Ruf auf. Er stellte ein Glas mit Schnaps vor Caspar hin. «Nimm einen Schluck.» Und nachdem Caspar es ausgetrunken hatte: «Lass ihn mal sehen. Nur kurz. Wir wollen seine Haare sehen.» Caspar steckte seine Zunge in das Glas und leckte es aus. Der Allgäuer fiel ein. «Ja. Lass ihn sehen. Wetten, du hast ihn noch nie sehen lassen?»

«Se-hen las-sen, se-hen las-sen», skandierten die anderen am Tisch.

«Wir geben dir zehn Gulden, wenn du ihn sehen lässt.»

Das war viel Geld, doch Caspar wusste, dass er es nicht kriegen würde. Er klammerte sich an die Bank und sah auf den Tisch. Die Knechte beim Melcher hatten dieses Spiel einmal mit dem Jockel gemacht. Sein Ziel bestand darin, den Bedrängten buchstäblich bloßzustellen, indem dieser, kaum hatte er eingewilligt und sein Glied gezeigt, unter Hohngelächter darüber aufgeklärt wurde, dass ‹der› ja nicht sehen könne, er habe ja keine Augen, hahaha! Caspar sah sich um und überlegte, wie er sich der Situation entziehen, aber gleichzeitig auch sicher sein könnte, dass er nie wieder in diese Verlegenheit gebracht würde. Er erhob sich. Der Allgäuer warf ihm eine Pranke auf die Schulter und drückte ihn wieder auf die Bank.

«Se-hen lassen, se-hen lassen», rief die ganze Runde. Caspar knotete seine Hände, zog an den Fingern, bis sie knackten, schielte über die Schulter nach der Kreszenz. Sie hatte den Raum verlassen, war in Küche oder Keller gegangen. Die anderen Tische waren leer. Jetzt schubsten die Porzelliner ihn und riefen: «Lass ihn sehen, lass ihn sehen.» Caspar versuchte wieder, sich hochzudrücken, sie hielten ihn fest. Da gab er nach.

«Ich lass ihn sehen.» Er schrie es fast. «Doch dazu müsst ihr mich aufstehen lassen.»

Das leuchtete den Besoffenen ein, und Caspar erhob sich langsam. In dem Augenblick, als er sicher auf den Beinen stand und über seine Kräfte ganz verfügen konnte, warf er sich gegen den Tisch, dass er kippte und für Caspar Platz schaffte. Mit einem Satz sprang er über die Bank und in Richtung Ausgangstür und verpasste dem Hess noch einen heftigen Stoß in die Rippen. Als er durch die Tür wollte, war diese durch zwei massige Gestalten versperrt. Der Gerbet und der, von dem er sich wünschte, er wäre nicht sein Vater, traten ein. Kreszenz trat auf und begrüßte die beiden überschwänglich. Caspar drehte ab und witschte ins Treppenhaus und in seine Kammer unter dem Dach. Dort warf er sich aufs Bett, schlang die Arme um den Oberkörper und wartete, bis das aufgebrachte Herz langsamer schlug. Stille in der Kammer nebenan. Die Alte schnarchte heute Nacht nicht.

40

Etwas knisterte unter Caspar, als er sich zur Wand wälzte. Er tastete danach und zog einen Brief hervor. Er war sehr weiß und mit großen Schwüngen beschriftet. Caspar hatte noch nie einen Brief bekommen. Er legte ihn unter den Strohsack, rannte aus dem Zimmer, die Treppen hinab und an den Brunnen im Hof. Dort wusch er sich die Hände, schüttelte sie und knetete sie in seinem Hemdzipfel trocken. Dann galoppierte er die ächzende Holzstiege wieder hinauf, nahm das weiße Rechteck behutsam zwischen die Finger und hielt es ins Licht. Es zitterte und flatterte zwischen seinen Händen, entwand sich seinem Zugriff, taumelte durch das brüchige Abendlicht dem Fenster zu und breitete die Flügel aus. Caspar schnappte danach und packte so fest zu, dass das Siegel splitternd brach. Als er das Papier entfaltete, flog ein Zettel heraus, auf dem der Amtmann Bröm schrieb, dass er das beiliegende Schreiben vor wenigen Tagen erhalten hätte und es für seine Verpflichtung hielt, es an ihn, Caspar Schwartz, weiterzuleiten.

Caspar entfaltete den Brief und entzifferte dessen Inhalt. Dann las er alles noch einmal, denn erst beim zweiten Mal konnte er die Worte flüssig nacheinander weg lesen, doch in seinem Inneren stellte sich kein Bild und noch weniger ein Zusammenhang her. Also las er ein drittes Mal, nun um zu verstehen, und als er verstanden hatte, las er ein viertes Mal, um sich zu vergewissern, dass er richtig verstanden hatte. Gewissheit stellte sich ein und fassungslos musste er sich diese in einer fünften Lektüre bestätigen. Es war nun ganz dunkel geworden, und Caspar saß immer noch am Fenster, die Stirn auf die Hände gestützt. Der Brief lag auf dem Holzboden und leuchtete hell in der kriechenden Nacht. Folgendes schrieb der gewesene Zinngießer, nun Porzellanfabrikant in Anspach, zweiter Ehemann der Paula Beyerlein, geborene Werth, sein verhasster Stiefvater, an den *Herrn Hof Cammerrath und Stadtamtmann* von Exenheim, Servilian Patriz Bröm.

Er, Sauer, habe wohl die Beyerlein geheiratet, doch nicht

unter der Bedingung, dass er deren Kind, das von dem Schwartz noch da sei, *aufziegen* müsse, schließlich sei dieser ein Mann von Vermögen und könne selbst für sein Kind sorgen, dies insbesondere, als seine Frau es die ersten sieben Jahre getan hätte, was wohl genug sei. Er und seine Frau Gemahlin seien sicher, dass Seine Wohlgeborn für das Kind habe sorgen lassen, jedoch sähen sie sich nicht in der Lage, die für den Unterhalt des Kindes ausgelegten Summae zurückzuerstatten. Nun habe er noch immer den Taufschein bei der Hand und wolle ihn dem Amtmann mit diesem Schreiben überstellen. Seine Frau, mit der er überaus glücklich lebe, sei mit diesem Vorgehen einverstanden, ja, es entspringe einer Anregung ihrerseits, wolle sie doch die Vergangenheit nun beschließen. Des Weiteren sei sie bester Hoffnung, in kurzer Zeit mit ihm eine Familie zu gründen und mit den gemeinsamen Kindern im Glauben an Gott und die katholische Kirche zu leben. *Ich recommandire mich in Ihre Wohlgewogenheit und bin Ergebenster Diener Johann Sauer, Porzlanfabrikant.* Es war still und sehr dunkel in der Schlafkammer. Tot. Für ihn war seine Mutter tot. Gerade jetzt war sie gestorben, und morgen würde er auf den Friedhof gehen und an einem der Gräber um sie trauern. Caspar sah aus dem Fenster. Ein paar verirrte Gänse marschierten die Lange Gaß hinab, der alte Schleiferdone schleppte sich auf seinen Krücken ins Asyl. Hinter den Giebeln der gegenüberliegenden Häuser hing der schwarze Himmel wie ein Vorhang. Ein paar Sterne zwinkerten. Von Zeit zu Zeit weinte einer eine Schnuppe auf die Welt.

41

Der folgende Tag war kühl und klar. Die Häuserecken hatten scharfe Kanten, und hinter den Bäumen leuchtete ein weißes Licht. Caspar hatte verschlafen. Er sprang die Treppen hinab und stürmte in die Küche. Der Herd, die Töpfe, das Essen waren noch kalt. Konnte es sein, dass Resi auch verschlafen hatte? Oder war sie fort? Caspar ging auf den Kirchhof und kniete lange am Grab irgendeiner Paula. Nachdem er ihr und seinem Schöpfer alles gesagt hatte, was es noch zu sagen gab, machte er sich auf in die Fabrique. Hungrig und wütend, wie er war, musste er sich zuerst beim Fux melden. Der rügte ihn für die Verspätung und verlangte, dass er die versäumten Stunden am Abend nacharbeitete.

Caspar wehrte sich. «Gestern Abend und während der letzten Wochen habe ich an vielen Tagen länger gearbeitet.»

Der Fux starrte in seine Papiere, kratzte sich am Kopf, murmelte Zahlen und beachtete ihn nicht weiter.

Caspar blieb sitzen und wartete ab. Nichts geschah. Der Fux rechnete und schien ihn ganz vergessen zu haben. Da beschloss er, dass jetzt der Zeitpunkt war, und sagte: «Wenn die Maurerarbeiten beendet sind, will ich eine Lehre beginnen. Der Oberdreher braucht einen Stift, das weiß ich.» Er verstummte. Als rede er mit einem Baumstamm, so kam es ihm vor, nein, der lebte schließlich, mit einem Steinklotz redete er, so war es, nein, mit noch weniger, er redete mit nichts, mit der Luft, die ihn umgab.

Da, auf einmal, sah der Fux auf. Ganz abwesend, fast verträumt sah er aus. Caspar schöpfte neuen Mut. Eine Dreherlehre wolle er machen. Er sei alt genug jetzt. Fux brummte etwas und machte eine vage Handbewegung zu ihm hin. Staunend hörte Caspar sich fragen, was das bedeuten solle, stand auf und verlangte vom Fux eine Antwort, die er mit «Meinetwegen. Versuchs halt» erhielt, und rannte aus dem Zimmer. Er polterte die Treppen hinab, doch bevor er über den Hof zu den Maurern ging, wollte er in die Dreherstube, um mit dem Oberdreher Keip zu reden.

Unterwegs aber hielt ihn der alte Gerbet am Ärmel fest. «Qu'est-ce qui t'arrive? Hast du nichts zu tun?»

Caspar zuckte die Schultern und lachte frech.

«Komm mit.» Widerwillig folgte er dem Alten die Treppen hinab ins Erdgeschoss. Gerbet kroch durch eine Öffnung in der frisch gemauerten Wand und verschwand in der Dunkelheit. Caspar sah sich um, ob er verschwinden könne, als der Gerbet ihn mit dumpfer Stimme rief. Neugierig kroch er ihm hinterher und kam in einen Raum, der so niedrig war, dass er lediglich darin sitzen, knien oder wie ein Kleinkind krabbeln konnte. Milchiges Licht fiel durch die Luke, durch die sie hereingekommen waren, doch es erreichte nicht den hinteren Teil des Raums, wo in der Dunkelheit der Gerbet hockte.

«Hier werden die Feuer gemacht. Siehst du die Löcher oben in der Decke?» Graue Streifen dämmrigen Lichts fielen durch sie hindurch. «Heiße Luft wird aufsteigen. Und dann.» Der Alte breitete die Arme aus, schwang sie in Wellenbewegungen. «Heiße Luft streicht hin und her. Brennt die Porzellane, macht sie hart und schön. Komm.» Behende kletterte er aus dem Heizraum, umging den Ofen, stieg eine Treppe hinauf, die sie neu gemauert hatten, und trat, immerfort redend und erklärend, durch eine Tür in den Trockenraum. Hier würden die ungebrannten Stücke in langen Regalen gelagert werden. Zwei Stufen führten zu einer etwa fensterflügelgroßen Öffnung hinauf. Sie zwängten sich hindurch und trippelten gebückt in den Raum dahinter, der, wiewohl nur unwesentlich höher, doch um ein Mehrfaches größer war als der unter ihm liegende Heizraum. «Hier werden sie stehen. Alle meine Porzellane.» Wieder schwang Gerbet die Arme, und Caspar konnte die heiße Luft spüren, die Funken und den Ruß wirbeln sehen. Er stellte sich vor, der Ofen würde gefüllt, vermauert, beheizt und der, der ihn beschickt hatte, hier drin vergessen. War verkatert eingeschlafen. Der Hess, der Allgäuer, der Melcher, der Sauer, der Michou. Er würde an die vermauerte Öffnung klopfen, doch keiner würde ihn hören. Zu laut würde das große Feuer toben. Er würde dann zwischen den Muffeln hindurch in den hinteren Teil des Brennraums kriechen, dem Schornstein entgegen, und versuchen, hinaufzugelangen, doch die Röhre wäre zu lang, zu glatt und bald, sehr bald auch viel zu heiß. Er würde in der brüllenden Hitze, inmitten der Kostbarkeiten, zu einem Haufen Asche verschmoren. Die heiße Luft würde über ihn hinwegstreichen und die Überreste seines Wesens in den violettblauen Sommerhimmel wirbeln. Ein Poltern riss Caspar aus den Gedanken, die Öffnung verdunkelte sich und eine Männerstimme rief nach Gerbet. Caspar kroch aus dem Ofen und stand vor dem, der wohl sein Vater war.

«Was tust du hier? Mach, dass du an deine Arbeit kommst!» Er schob ihn weg, doch Caspar blieb abwartend stehen.

Der Gerbet krabbelte aus dem Brennraum, schob sich die Perücke zurecht, klopfte sich den Staub von der Jacke, schüttelte die Arme und reckte den Hals. Als alles zurechtgerückt war, lächelte er den Michel an. «Ich habe einen Gehilfen gefunden und bereits eingearbeitet.» Er zwinkerte Caspar zu. Dem zitterten die Knie. Er wandte ein, dass er ein Dreher werden wolle. Michou schob die Kinnlade vor, warf Caspar einen Blick zu, der nicht zu deuten war, und legte dem Alten einen Arm um die Schultern, um ihn zur Seite zu führen. Doch Gerbet schüttelte die Hand ab, drehte sich zu Caspar um und zwinkerte noch einmal, als wolle er sagen, dass alles in Ordnung kommen werde. Dann begann er mit dem Michel ein wortreich gestikulierendes Gespräch auf Französisch, von dem Caspar nicht wusste, ob es Streit bedeutete oder lediglich ein Meinungsaustausch war. Als der Gerbet mit einer abschließenden Handbewegung die Luft in zwei Stücke hackte und dem Michou dabei starr in die Augen sah, zog er sich auf Zehen zurück und rannte schnell die Treppen hinab, wo er auf den Keip traf, der ihn bereits suchte. Gemeinsam stiegen sie in den Keller und holten den Ton aus der feuchten Kammer, in der er seit Monaten lagerte.

42

Wochenlang schleppte er den Ton an, packte ihn aus seinen schimmligen Tüchern aus und abends wieder hinein, fuhr mit den Erdbelesern auf den Acker, um Erde zu holen, half, sie zu den Schlämmbecken zu bringen, wo der Hess und der Allgäuer walteten und jedes Mal versuchten, ihn mit einer neuen Gemeinheit zu ärgern, säuberte Werkzeuge, fegte die Dreherstube und fand, weil ihm langweilig war, viel Zeit, um über sein künftiges Leben nachzudenken. Abends traf er Karolin und streifte mit ihr durch Wiesen und Wälder, wie früher, als sie Kinder waren. Sie trug ihr Federkleid. Es bauschte sich über ihrer Brust und fiel in weißen Wellen bis an die Knie herab. Nackt schauten ihre braunen Arme und Beine heraus. Wenn sie ging, noch mehr, wenn sie hüpfte, hob und senkte sich der Federvorhang in schneller Folge, und Caspar, der ihre Füße beobachtete, wartete jeden Augenblick darauf, dass sie sich vom Erdboden lösten und Karolin zu fliegen beginne. Einmal saßen sie beisammen im Gras, und Karolin hielt seine Hand. Und dann, wenig später, küsste sie ihn mit rauen Lippen auf den Mund. Als er ihr Zittern bemerkte und sie festhalten wollte, sprang sie fort.

Behutsam zog er einen Draht, an dessen Enden zwei fingerdicke Holzklötzchen befestigt waren, unter einem kindskopfgroßen Tonklumpen hindurch bis zu dessen Mitte und dann nach oben, um ihn in zwei gleich große Stücke zu teilen. Träge quoll die kühle Masse über den scharfen Draht, der sie teilte wie Butter. Caspar ließ die vordere Hälfte auf dem Arbeitstisch, legte die hintere obendrauf, packte den Erdkloß und warf ihn mit Wucht auf den Arbeitstisch. Dann drehte er den Klumpen um ein Viertel im Uhrzeigersinn, zog den Draht wieder hindurch, knallte die Hälften aufeinander, dass der Tisch bebte, drehte den Klumpen, teilte ihn, warf die Hälften aufeinander, drehte den Klumpen und so fort. Langsam erwärmte sich die Masse, wurde unter seinen Händen geschmeidig, fühlte sich jetzt seidenglatt an. Caspar grub seine Finger in den Ton, hob ihn an die Nase, roch Eisen, Staub und tote Wesen. Bald, in wenigen Jahren, war es so weit. Sie würden zusammenleben und sich gern haben. Karolin und er. Caspar griff wieder nach der Tonkugel, ließ seine Fingerkuppen über ihre kühle Oberfläche wandern. Er hatte ihr auch die letzte kleine Luftblase herausgeschlagen. Vorsichtig wickelte er sie wieder in eins der grob gewobenen, nassen Tücher, damit sie über Nacht nicht austrocknete, und machte sich daran, den nächsten Erdklumpen von eingeschlossenen Gasen zu befreien. Von seiner Arbeit würde abhängen, ob die Stücke im Feuer platzten oder nicht. Er arbeitete flink und gründlich. Spät am Abend wurde «Feierabend» gerufen, und Caspar machte sich mit den anderen aus der Drehstube auf den Weg in den Schwan.

Am Ende des Sommers sagte ihm der Keip, dass er nun genug gelernt hätte, um selbst an der Drehbank zu sitzen. An diesem Abend fragte er Karolin, ob er und sie und später einmal und ob sie das auch wünsche. Da lächelte sie und legte eine Hand an sein Gesicht.

43

In der darauffolgenden Nacht erwachte Caspar an seinem Durst und schlich auf Zehenspitzen in die Küche hinunter. Die alte Resi saß in ihrem Stuhl und schlief mit offenem Mund, doch sie schnarchte nicht. Von der Straße drang der Lärm Betrunkener in die sehr stille Küche. Caspar fand einen Krug mit kühlem Wasser, setzte ihn an und trank gierig. Rinnsale liefen über seine Wangen, seinen Hals und versickerten im Hemd. Er wischte sich mit der Hand über den Mund, schüttelte ein paar Tropfen ab, trat zu der Alten und rüttelte sie ein wenig an der Schulter. Ihr Kopf wackelte, doch sie erwachte nicht. Als Caspar seine Hand zurückzog, neigte sich der Oberkörper der alten Frau langsam zu ihm hin und blieb verkrümmt über der Armlehne des Stuhls hängen.

Caspar setzte den Krug auf den Boden, kniete vor den Lehnstuhl und betrachtete Resis Gesicht. Ihre Augen waren geschlossen, der Kiefer nach unten gefallen. Er näherte sich dem schwarzen Loch ihres Mundes. Kein Geräusch, kein Lufthauch streifte sein Ohr. Er verharrte, und ohne dass er es bemerkt hätte, kam der schlaffe Körper ins Rutschen, sank auf ihn herab und legte sich auf ihn. Caspar wand sich unter der kalten Last hervor und stieß sie von sich. Resi kippte nach hinten, lag reglos da. Caspar rutschte rückwärts bis an die entgegengesetzte Wand der Küche und betrachtete die Tote. So war das also. Die einen lärmten, andere schliefen, keiner ist bei dir. Du bist allein, und nun verabschiedest du dich, trittst die Heimreise an. Zurück lässt du deine stinkende Hülle, barmherzige Mitmenschen setzen dich im Kirchhof zur Ruhe, wo du verkommst, zu Dreck wirst, von Würmern durchnagt. Von wegen Auferstehung des Fleisches! So ist das bei jedem, auch bei mir, vor allem bei mir. Noch ein paar Jahre leben, während Vögel schreien, Regen fällt, ab und zu eine Kutsche, ein Karren vorbeifährt, das Glück dich besucht, das Essen nicht schmeckt, und dann, in einem unbeobachteten Augenblick, gehst du, verlässt deinen abgenutzten Leib, machst dich los, lässt dich wegtreiben, ohne Abschied, ohne Lebewohl. Es ist ja ganz leicht. Er hatte es immer gewusst.

Caspar riss die Tür auf, stolperte den ersten Absatz hinauf, rief krächzend nach der Kreszenz. Seine Stimme kippte mehrmals. Er ärgerte sich und rannte, nachdem im oberen Stock eine Tür quietschend aufgegangen war, zurück in die Küche, richtete Resi wieder auf, setzte sich neben sie und nahm ihre Hand. Sie war kühl, nicht kalt. Ihr Wachsgesicht war in einem feinen Lächeln eingefroren. Das war das Lächeln, mit dem sie ihn damals angesehen hatte, als sie ihn badete und er ohne Kleider vor ihr gestanden war. Gestern erst war das gewesen. Tags zuvor war die Mutter noch bei ihm gewesen. Sieben Jahre war er, ein Kind, das keiner wollte. Doch er wurde gerade erst erwachsen und hatte sein ganzes Leben vor sich. Er hatte nie viel über die Alte erfahren. Sie war einfach immer da gewesen. Die Treppe krachte unter schweren Tritten, die Küchentür öffnete sich, Kreszenz warf die Hände vor den Mund und begann zu jammern.

Er musste weg. «Ich hole den Pfarrer.» Schnell zog er sich an und sprang auf die Straße, wo er sofort zu laufen begann. Der Mond beleuchtete einen riesenhaften Schattenkasper, der zum Pfarrhaus St. Vitus trabte und den Pfarrer herausklingelte. Der öffnete in Nachthemd und Mütze. Eine Kerze blakte vor seinem Gesicht. Er ließ Caspar in der kalten Diele warten, während er sich ankleidete. Auf dem Weg in den Schwan begann der Pfarrer ein Gespräch. Caspar beschleunigte seinen Gang, um nicht antworten zu müssen, doch der Pfarrer hielt Schritt und packte ihn am Ärmel. Er zog ihn so nah zu sich heran, dass Caspar seinen fettigen Atem riechen konnte. Gott liebe alle seine Kinder. Der Herr sei immer bei ihm, er könne ein verlorenes Schaf wie ihn nicht den wilden Tieren überlassen. Bei dem Wort Schaf legte er ihm eine Hand auf die Haare. Caspar kribbelte die Kopfhaut bis in den Nacken und er trat einen Schritt zurück, doch der Pfarrer nahm ihn wieder am Arm, zog ihn zu sich und blies ihm seinen frommen Hauch ins Gesicht. Caspar drehte den Kopf zur Seite und zählte die Kieselsteine am Wegrand. Jetzt ließ das Holzgesicht ihn los, öffnete den Mund, schloss ihn wieder, faltete die Hände und betete für Caspars verlorene Seele. Mehrere Schritte vor dem Wirtshaus drehte Caspar ab und machte sich davon.

44

Er verließ die Stadt und rannte, bis er die Farnlichtung erreichte. Vorsichtig schlich er ein Stück weit den Hang hinauf, kauerte nieder und verharrte keuchend. Kein Geräusch drang aus der dunklen Höhle, doch als er sich aufrichtete und die kalten Knochen strecken wollte, sah er einen Schatten den Hang hinabhuschen und sich im Wald verlieren. Er erkannte die Gestalt eines Mannes mit Dreispitz, flatternden Haaren und Schößen und einer gedrungenen Statur. Der streckte im Gehen den Kopf nach vorn, als wittere er seine Feinde, als renne er eine Wand ein, als wolle er die ganze Welt auf seine Stierhörner nehmen.

Caspar wartete, bis das letzte Rascheln verklungen war, dann schlich er geduckt in die Höhle. Die Glut eines Feuers glomm noch, im Hintergrund leuchtete etwas Helles, ein Haufen weißlichen Gewölks auf einem Bett aus Moos. Vorsichtig trat er darauf zu und sah nun, dass der Haufen sich bewegte. Er hob und senkte sich. Karolin lag darunter, den Kopf zur Wand gedreht, den nackten Arm auf das Federkleid gelegt. Eine matte Linie stieg über die Schulter in die Halsbeuge und verlor sich in der Dunkelheit ihrer Haare. Sie schlief. Caspar hätte sich gern zu ihr gelegt, sich an sie gedrängt, seine Arme um sie geschlungen, dass ihr Atem in sein Ohr strömte, ihre Wärme längelang über Brust und Bauch hinabfloss. Sein Blick wanderte über die Schlafende hin, verhielt in einer Hautfalte, glitt über die Rundung ihrer Schulter, nahm seine Berührungen vorweg, als sie aufschreckte und hochsprang. Die Federn rutschten von ihr ab. Ungeschützt stand sie vor Caspar, der gierig staunend ihre Nacktheit betrachtete, bis sie ein Leinenhemd vom Boden raffte und es sich über den Kopf zog.

Dann schlüpfte sie in das Federkleid, legte die Hände in den Nacken und befreite ihr Haar, das ihr wieder bis über die Schultern fiel. Caspar befeuchtete seine Lippen. Er wollte von Resi sprechen, stattdessen fragte er sie, was der Michel hier gewollt hätte, aber Karolin antwortete nicht. Sie sah ihn an, knotete die Hände ineinander, ging hin und her, das Federkleid wippte, er sah es genau, sagte, war das mein Vater, sie verneinte, leugnete, stritt alles ab, er wusste, dass sie log, sie sah ihn nicht an, ging hin und her, legte eine Hand auf den Mund, die Federn hoben sich im Luftzug ihrer Schritte, fielen in sich zusammen, hüpften bei jeder raschen Bewegung auf und nieder, Caspar schaute diesen Federn nach, konnte nichts tun sonst, konnte nicht weiter fragen, dachte, ist ja ganz gleich, ich will es ihr sagen, hob an, die Alte, Resi, konnte nicht weiter, konnte nicht darüber hinweg, spürte den Verrat jetzt ganz genau, sie aber blieb stumm wie ein Tier, ging auf und ab. Caspar sah die Tote wieder in ihrem Lehnstuhl sitzen, und Bitternis kroch an ihm hoch, die jedoch nicht die Alte meinte, sondern ihn selbst. Sein Nichtdazugehören. Das Mädchen nestelte am Kleid, strich die Federn glatt. Er musste etwas tun. Er wollte die Alte packen, umklammern, pressen. Den Tod aus ihr herauspressen. Pressen, bis der Tod aus ihr wich, bis sie atmete, und sei es nur aus Schreck über den Schmerz, den er ihr zufügte. Indem er sie packte und schüttelte, wollte er sie von den Toten erwecken. Er wollte, dass sie die Augen aufschlug, lächelte, sagte, ist gut, lass mich jetzt, und hörte nicht auf zu schütteln, schwarze Strähnen flogen durch die Luft, gellend begann sie zu schreien, er schüttelte sie, kämpfte mit ihr, schrie sprich, sprich, sprich mit mir. Lass mich wissen, wer ich bin, lass mich nicht allein sein, geh nicht fort, geh nicht fort, geh nicht fort, ich kann dich nicht hergeben, ich lass dich nicht gehen, heiser, stimmlos fast, bleib bei mir. Die Frau in seinen Armen gab einen fiepsenden Laut von sich, grillte dann in einem lang anhaltenden Ton, holte Luft, schraubte den Schrei höher, riss ihn ab, setzte wieder an. Caspar schüttelte sie. Er keuchte, er hob die Hand. Das Wesen gellte. Es begann wieder zu leben. Es war tot gewesen, hatte ihn verlassen, war weggegangen, hätte nie wieder zu ihm zurückkehren sollen.

Erst jetzt bemerkte er, dass Karolin nicht mehr schrie, sondern schlaff, fast schwerelos in seinen Armen hing. Sie ruckte nicht mehr. Entsetzt ließ er sie zu Boden rutschen, wo sie auf den Knien liegen blieb. Er sah sie an. War sie ohnmächtig, war sie tot? Was immer er auch anfing, misslang. Er war ein unerwünschter, blöder, dreckiger Mensch, einer, dessen man sich erbarmen musste. Wie der Herr Pfarrer. Er sah ihn wieder die gefalteten Hände recken und für seine verlorene Seele beten, Erbarmen, oh Herr, und verstand nicht, was er jetzt tat, wusste nicht einmal, ob er das war, der das tat. Er fasste Karolin unter den Armen und legte sie auf den Rücken. Ihr Kleid und die Federn waren hochgerutscht und büschelten sich um ihren Bauch. Er wollte sie bedecken, doch er tat es nicht. Stattdessen zupfte er an dem Gewand herum und schob es weiter nach oben. Karolins linkes Bein war nach hinten gebogen, ihr Unterleib hob sich vom Boden ab. Caspar zog seine Hosen herunter, sein Schwanz stand heraus wie beim Bullen, wie beim Ziegenbock, wie bei jedem anderen Tier, er packte ihre Hände, hielt sie über dem Kopf zusammen, schob mit dem Knie ihr Bein zur Seite, Erbarmen, dachte er, ist das ein gutes oder ein schlechtes Wort?, und stach zu. Hefegeruch. Er stocherte zwischen den Beinen des Mädchens herum, eine Schneckenspur zog sich über die Innenseite ihres Schenkels, er erschrak, sie sah ihn an, ihre Augen leuchteten böse, sie klemmte die Beine zusammen, er drückte sein Knie dazwischen, jetzt hörte er sie schreien, drückte ihr die Zunge in den Mund, wusste nicht, wozu, fragte sich, ob Erbarmen ein wichtiges Wort, ein christliches Wort, eine gute Sache ist, warf sein ganzes Gewicht auf das sich windende Mädchen. Das bäumte sich auf, drehte den Kopf, spuckte ihm ins Gesicht, er hielt sie nieder, bis sie nachließ, biss ihr in die Lippen, strich ihr mit den Fingern über den Mund, verstrich das Blut in breiten Strichen unter den Augen, Karolin wimmerte, er wurde selbst ganz ruhig, ganz nachdenklich, denn Erbarmen ist gut. Es ist ein Gefälle von dem, der erbarmt, zum Erbarmungswürdigen, doch jetzt ist er nicht mehr unten. Er fühlte seine Gier, zwischen ihren Beinen eingeklemmt. Er konnte nicht vordringen, dabei hatte es sich immer so einfach angehört, wenn der Schwarze und die anderen Porzelliner im Schwan damit prahlten, wie sie die Frauen bestiegen, sie zum Schreien brachten. Caspar wusste nicht, aus welchem Grund die Frauen schreien sollten, konnte sich nur Angst oder Schmerz vorstellen, wunderte sich, warum der Mann der Frau Schmerz zufügen musste, doch es gehörte dazu, war erlaubt, es war, was ein Mann tat, tun musste. Auch er. Also versuchte er noch einmal, ihn hineinzubringen, dabei war alles glitschig und was da floss, war von seinem Vater, und nun wehrte Karolin sich wieder, warf die Arme nach vorn, schlug ihn aufs Kinn, wollte ihn abwerfen. Erbarmen ist Herablassung. Erbarmen ist immer oben. Erbarmen steigt nicht vom Ross, gibt nie den ganzen Mantel. Mitten hindurch wird das Schwert gehauen, der Stoff fetzt kreischend. Er war oben. Er stützte die Ellbogen in die Armbeugen des Mädchens. Noch einmal schob er ihre Knie auseinander, zog sich über ihr zusammen, streckte sich mit einem Ruck. So war es richtig. Sie schrie. So musste es sein. Er nahm sie in die Arme, strich ihr übers Haar, hielt sie fest. Karolin weinte. Kein Erbarmen, dachte er. Kein Erbarmen. Kein Erbarmen. Weder spenden noch empfangen.

45

Resi wurde begraben. Das Leben ging weiter. Caspar saß an der Drehscheibe und arbeitete. Ihm wurde beigebracht, wie der Ton zu drehen sei. Er hatte mit Erde zu tun, die Erde, in der die Alte jetzt lag. Er fühlte den Schlick unter den Fingern. Das Glitschige, Kalte, Nasse, das sich schnell in den Händen drehte, das sich drehte, als sei es lebendig. Das gehalten werden wollte. Fest und doch nicht zu fest. Bis es sich in einer Mitte gesammelt hatte, an keiner Stelle seinen formenden Händen mehr auswich. Dem er vorsichtig Druck geben konnte und mit den gekrümmten Fingern der einen Hand eine Mulde in die Mitte des Tonklumpens drückte, während die andere ihn im Mittelpunkt der Drehscheibe hielt. Er durfte nicht zu stark drücken, damit das Stück nicht zermatschte. Immer wieder musste er es versuchen, musste noch einmal von vorn beginnen. Den Ton zentrieren, vorsichtig die Rechte lösen, leicht drehen und mit den gebogenen Fingern eine Mulde formen. Sein Fuß schob das unter dem Sitz liegende Holzrad an und setzte die Scheibe in Bewegung. Langsam nahm das Rad Fahrt auf, drehte schneller und schneller, und hatte es seinen Rhythmus gefunden, hielt der Fuß es in gleichmäßiger Geschwindigkeit. Die Scheibe kreiste, und Caspar teilte sich in der Mitte in zwei Hälften. In seinem Kopf gab es einen Ton, ein Klicken, und der untere Teil seines Körpers trennte sich vom oberen ab. Bein, Schenkel, Fuß, ja der ganze Unterleib bewegte sich als eigenständiges Lebewesen unter der Töpferscheibe, abgekoppelt von Kopf und Händen. Wenn er seinen Rhythmus gefunden hatte, legte er die Hände schützend über den Tonklumpen, barg ihn darin, zwang ihn in die Mitte der Scheibe, gab ihm Rundungen, vollkommen wie der Erdball, auf dem er saß, während das Wasser zu spritzen begann. Lehmfarbene Tropfen flogen in alle Richtungen, prallten auf sein langes Bein, das die Scheibe drehte, und drangen kalt durch den Stoff der Hose an die Innenseite des hohen Knies, sickerten als schlammfarbenes Schlickerwasser durch den rauen Stoff bis auf die Haut, die sich rötete, wund wurde, dann blutig. Caspar spürte das nicht. Er spürte, dass der Batzen jetzt sehr rund, sehr zentriert war, und begann damit, eine Hand so zu drehen, dass die gekrümmten Finger in seiner Mitte eine Mulde ausformten, die sie nach und nach vergrößerten. Ein Wulst entstand, den er hochziehen konnte. Und angenommen, der Ton war sehr, sehr gut zentriert gewesen, dann würde auch der Krug jetzt in vollkommener Kreisung schwingen. Hatte er jedoch nachlässig gearbeitet, ein wenig nur, oder den Wulst zu schnell hochgezogen, dann würde die Wand brechen und in Stücken durch die Drehstube fliegen. Glück, wenn er dabei das Werkstück vom Nebensitzer nicht ebenfalls zerstörte. Der Meister würde schimpfen, die Erde sei teuer, sie müsse mit Fuhrwerken aus der ganzen Umgebung, aus Neunheim, aus Neuler, aus Reichenbach, aus Röhlingen, geholt werden, «wenn du so weitermachst, wirst du nie ein Porzelliner werden, wirst du immer ein kleiner Hafner bleiben, ein plumper Dreher, grade gut genug, um einen Hundenapf zu machen. Noch einmal, und der Materialverbrauch wird dir vom Lohn abgezogen». Keine Rede davon, dass Caspar einmal mit der feinen Passauer Porzellanerde wird arbeiten können. Er arbeitete mit der einheimischen Erde für das unechte, das bäuerische, das nachgeahmte Porzellan und begann von vorn. Und noch einmal. Und noch einmal. Hunderte Klumpen hat er geschlagen, Hunderte zentriert und hundert mehr wird er zentrieren müssen, wird er in eine vollkommene Schwingung versetzen müssen, bevor ihm der erste Krug gelingt, ein Rohling zumindest, aus dem die Bossierer dann den Krug formen, indem sie ihm Schnauze und Henkel verpassen. Ein Krug, der getrocknet, gebrannt, glasiert, bemalt, noch einmal gebrannt und am Ende gar auf dem Markt, an einer Messe, verkauft oder als Auftragsarbeit an den Haushalt eines kleinen Adligen, eines großen Bürgers oder in ein Kloster geliefert wird. Caspar hatte die Hände sinken lassen. Der Gerbet polterte den Gang entlang, trat in die Drehstube und riss ihn aus seinen Träumen. Er verhandelte in einer Ecke mit dem Keip, rief dann den Caspar und die Schibich-Brüder zu sich und schickte sie in die Mühle, um frisch gebrannte Glasurkuchen hinzubringen und fertiges Glasurpulver zu holen.

Sie beluden und bestiegen den Pferdewagen und hatten kaum das Tor passiert, als der ältere der Schibichs sich auf den Kutschbock stellte und die Pferde antrieb, dass sie im Galopp die Landstraße hinabpolterten, Richtung Exenheim. Die Glasurmühle lag am Rattenbach, einem Zufluss zur Iaxt, nicht weit vor der Stadt. Die Schibich-Brüder ließen die Pferde trotten und unterhielten sich.

«Stell dir vor, der Fux hat nun noch einmal weiße Erde kommen lassen», hörte Caspar den Anton, den jüngeren der Brüder, sagen.

«Na, dann kann er ja jetzt sein Feinporzellan machen.»

«Er. Du meinst wohl: wir. Wir sind es doch, die für ihn schuften Tag und Nacht, und er sitzt in seinem Schreibzimmer und rechnet das Geld zusammen, das er nicht mehr hat.»

«Glaubst du, der zahlt uns diese Woche mal wieder einen Lohn?», fragte Johann.

«Er kann nicht, sagt der Allgäuer. Er ist bankrott.»

«Aber feine weiße Erde kommen lassen, das kann er.» Großspurig erklärte Johann seinem Bruder und Caspar die Zusammenhänge.

Seit einiger Zeit hatten der Fux und seine beiden Geschäftspartner Sucher ausgeschickt in der Hoffnung, die weiße Erde auf Exenheimer Grund zu finden. Doch sie waren erfolglos geblieben und mussten sie nun aus Passau einführen. Das kostete dem Fux ein Vermögen. Achtzig Reichstaler, wollte der ältere Schibich wissen, hatte der Fux für die ersten drei Fässer aufbringen müssen, und dann war die Ladung unterwegs gleich zweimal verloren gegangen. Das eine Mal wurde der Transport überfallen und die kostbare Erde samt Wagen und Pferden entführt, das zweite Mal war die Handelsstraße von Nürnberg so aufgeweicht, dass die Ladung hinter Harburg am Albrand kippte, die Fässer brachen und der größte Teil der Erde unbrauchbar wurde. Nun, heute war das kostbare Gut anscheinend unversehrt in der Fabrique eingetroffen, der Bau des neuen Ofens sollte bald abgeschlossen und endlich mit der Porzellanproduktion begonnen werden. Die Herren Fux, Schwartz und Gerbet erhofften sich daraus neuen Ruhm und großen Wohlstand.

Caspar, der auf der Ladefläche saß, sah in die Landschaft, die sich dürr und von bräunlichem Staub überzogen in weiten Schwüngen vor ihm öffnete und sich am Horizont in einer breiten Dunstlinie verlor. Er überließ sich dem Schütteln des Karrens. Die Maler. Wieder zurück in den staubigen Saal und zu den Männern gehören, die mit ruhiger Hand die Stücke bemalten. Das wollte er. Doch nicht mehr als der dumme Junge, der den Boden fegte, sondern als Malerlehrling, der selbst einmal ein Maler sein würde, der gutes Geld verdienen würde und später einmal mit Karolin leben. Sein Inneres zog sich zu einem harten, ledrigen Ball zusammen.

«Hooh!» Der große Schibich küsste die Luft mit lautem Schmatzen, und die Pferde standen vor einer kleinen Mühle mit braunem Dach still. Sie duckte sich unter Fichten in ein schattiges Tal, dessen Boden kein Sonnenstrahl mehr erreichte. Träges Geklapper und dumpfe Mahlgeräusche waren zu hören. In der Mühle schwoll das Knirschen an, kratzte in den Ohren, im Kopf, im Gehirn. Caspar schluckte und biss die Zähne zusammen. Während die Schibichs den Wagen abluden, stieg er langsam die Treppe zum Mahlwerk und weiter unters Dach empor, wo er den Müller traf, einen kleinen drahtigen Mann, der einen Sack Scherben in den Trichter leerte. Das Knirschen ging in ein lautes Kreischen über, als die ersten Stücke zwischen die Mahlsteine gerieten. Der Müller lächelte irr. Caspar sprach ihn an, richtete ihren Auftrag aus, doch der Müller schien ihm gar nicht zuzuhören.

Caspar erinnerte sich daran, wie Karolin ihm einmal vor langer Zeit erzählt hatte, dass der Müller nachts im Vollmond tanze und ein Freigeist sei. Dabei hatte sie das Wort Freigeist so selbstverständlich benutzt, als kenne es jeder, und Caspar, der nicht wagte nachzufragen, hatte nur mit dem Kopf genickt und sich vorgestellt, wie der Geist des Müllers als weiße Rauchfahne aus seinem Kopf stieg, frei umherschwebte und Unheil anrichtete, um dann wieder, wie ein Gespenst in sein Verlies, in den Kopf seines Besitzers zurückzukehren, als sei nichts gewesen. Später hatte Caspar im Schwan reden hören, dass in der Mühle nachts Treffen stattfänden, und dabei war auch Resis Name gefallen.

Jetzt ergriff der Müller Caspars Hand, zog ihn zu sich und zwang ihn ganz an den Rand des Bretterbodens, auf dem sie standen. Caspar sah in die Tiefe des Trichters, in dem in jähem Fall und mit langsamem Rucken die Stücke des Glasurkuchens kreischend verschwanden. Er entzog dem Müller seine Hand, schüttelte ihn ab, als dieser ihn festhielt, stieg schnell die Treppen hinab und wollte die Mühle wieder verlassen, doch blieb er gebannt vor den großen Mahlsteinen stehen, die sich gleichmütig drehten und langsam, fast zärtlich, ein Bruchstück ums andere zu Staub machten. Schubweise kroch das helle Pulver zwischen den steinernen Scheiben hervor, sammelte sich, kippte über den Rand, ruckelte einer Schütte zu und sank in Wolken durch sie hinab in einen Sack. Daneben standen bereits mehrere volle, abgebundene Säcke, die die Schibichs schulterten und auf dem Karren verstauten. Unablässig rieben sich die wuchtigen Brocken aneinander und quetschten zu Staub, was zwischen sie geriet. Caspar senkte seine Hände in das feine Pulver. Was vorher scharfkantige Scherben waren, legte sich nun kühl und so leicht, dass er es kaum spüren konnte, auf seine Haut. Der Staub umhüllte seine Hände und weckte in ihm den Wunsch, darin ganz zu versinken. Erst als er wieder auf dem Wagen saß, erinnerten ihn Tausende feiner Nadelstiche daran, dass Scherben auch als Staub scharf bleiben. Die Schibich-Brüder hetzten die Pferde über den Waldweg und die Landstraße hinab, da sah Caspar auf einmal eine weiße Gestalt langsam gehen und überrascht in den Straßengraben springen, als sie vorbeistürmten. Er sah zurück. Da stand sie und verschwand fast in der Staubwolke, die sie hinterließen. Caspar erkannte sofort die schwarzen Haare, das Federkleid, wollte rufen, winken, doch konnte er den Mund nicht öffnen. Karolin aber, die die Rückentrage abgesetzt hatte, beschäftigte sich mit ihrem Gepäck und sah nicht auf.

46

Eine Stunde später brachten sie den Wagen im Hof der Manufaktur zum Stehen und luden die Säcke mit Glasurstaub ab. Die Schibichs brachten Karren und Pferde weg, Caspar trat ins Gebäude und ging an dem fast fertig gebauten Brennofen vorbei in die ebenerdig liegende Drehstube. Dort standen in einer Ecke der Gerbet und sein Lehrmeister, der Keip, und besprachen sich. Caspar setzte sich hinter seine Drehscheibe, brachte sie in Gang, tauchte die Hände in Wasser, immer wieder, bis die eingetrocknete Kruste wieder geschmeidig wurde und er damit beginnen konnte, den Krug von der Mitte ausgehend hochzuziehen.

Behutsam drückte er die Finger in den Ton. Er atmete gleichmäßig ein und aus. Er hielt die Finger sehr ruhig und wusste auf einmal, dass ihm jetzt sein erster Krug gelingen würde. Ein Walzenkrug, zylindrisch geformt, nichts Besonderes, kein Porzellan, schlichtes Tonzeug, doch er war von ihm gemacht und, wie Caspar fand, vollkommen gelungen. Er sah Karolin noch einmal, wie sie die Straße entlangging, wie die Federn an ihr wippten, und jetzt sah sie auf und erwiderte seinen Blick. Sehr langsam löste er die Hände von dem nassen Werkstück und ließ die Scheibe ausdrehen, bis sie still stand. Dann suchte er die Drahtschlinge, hielt sie an beiden Hölzchen und zog den Draht unter dem Krug hindurch, kletterte von der Bank, hob ihn von der Scheibe und stellte ihn in das tiefe Wandgestell am Ende des Raums. Vorher aber nahm er einen Holzgriffel und kratzte ein C in den Boden des Krugs. Damit er dafür auch Lohn bekam. Er säuberte die Scheibe mit einem Schwamm, schlug einen weiteren Lehmbatzen aus dem feuchten Tuch und begann, ihn auf der Scheibe zu zentrieren, als der Gerbet zu ihm trat und ihm eröffnete, dass er ihn als seinen Gehilfen ausgewählt habe. Caspar solle ihm beim ersten Porzellanbrand assistieren. Caspar lächelte in das verwitterte Gesicht des Hugenotten und erhob sich, um die Drehscheibe zu verlassen, doch sein Meister bestand darauf, dass er den heutigen Arbeitstag in der Drehstube beendete. Caspar war mit allem einverstanden.

Anderntags war er als Erster in der Fabrique. Er setzte sich auf die Bretterbank unter der Kastanie und wartete auf den Arkanisten, der ihn, als er kam, einen Augenblick lang zerstreut betrachtete, sich dann zu erinnern schien, ihm auf die Schulter klopfte und mit ihm das Gebäude betrat. Gut gelaunt erklärte er seinem Gehilfen den Stand der Arbeiten in allen Einzelheiten. Dass die Ziegelsteine aus dem Fränkischen kämen, wo sie nach seinen Vorgaben eigens für diesen Porzellanofen gebrannt worden waren, dass er mit dieser Ziegelsorte nur die besten Erfahrungen gemacht hätte, dass dieser Ofen nach dem Vorbild des Wiener Ofens gebaut sei, und eilte wieder in den Hof, wo sich die Gipssteine für die Formen stapelten, dass morgen die zwei besten Former eintreffen würden, die er in Fürstenfeld abgeworben hatte, rannte in den ersten Stock, riss die Tür zum Malsaal auf, wies auf Säcke, Tiegel und Flaschen. Dass die Zutaten für das Farbenlabor nun alle geliefert seien, und zählte an den Fingern ab, Antimon, Braunstein, Mennige, Salz, Zinnasche, Blei, Kobalt, Eisenruß, Gold, Silber, Kupferspäne, Quecksilber, Arsenik, Borax,

Soda, Salmiak, martialisches Vitriol, Scheidwasser, Spiritus Salis, kratzte sich dann den Nacken, murmelte «Der Michel muss her», schrie: «Michou, viens ici!», wandte sich wieder Caspar zu.

«Kein Zweifel, ich habe nicht den kleinsten Zweifel daran, dass wir hier das feinste Porzellan brennen werden.» Er rieb die ersten drei Finger beider Hände gegeneinander. «Wir werden verkaufen und berühmt sein und reich. Das werden wir!»

Gerbet knurrte ungeduldig, denn der Michel zeigte sich nicht, stattdessen hörten sie Poltern und lautes Klappern von Holz, das im Hof abgeladen wurde. Sie gingen hinab, und Caspar lernte, die Langhölzer zu vermessen, die für den zweiten, den Scharffeuerbrand gebraucht wurden, als Karolin den Hof betrat. Ihr Federkleid hatte bräunliche und gelbe Flecken, sie schwitzte, und über ihr Gesicht zogen sich Staubschlieren, als hätte sie geweint. Sie kam zu Caspar, der zur Seite sah und verstohlen die Fenster der Malsaals absuchte, um herauszufinden, ob sie beobachtet würden. Karolin hatte wohl ähnliche Gedanken, denn sie zog ihn am Arm aus dem Hof und auf die Straße. Dort lehnte sie sich an die schattige Mauer und schloss die Augen. Caspar, dem sie Leid tat, wollte sie an sich ziehen, doch sie stemmte sich heftig ab und zwang ihn dadurch, auf Armeslänge Abstand zu halten. Caspar gab nicht nach, hielt sie weiterhin in seinen Armen und versuchte, sie an sich zu ziehen. So standen sie, stumm und angespannt, und sahen sich in die Augen. Caspar fühlte sich, als würde er von innen mit flüssigem Blei gefüllt, das rasch erstarrte. Ohne zu blinzeln sah er sie an und wusste, dass sie ihm gehören würde. Da, er sah es zuerst in ihren schwarzen Augen, knickte das Mädchen ein. Ihre Ellbogen gaben nach, ihre Stirn sank an seine Schulter, dann sackten ihr die Knie weg. Caspar schloss schnell die Arme um sie und fing sie auf.

«He, Gaspard!» Schritte. Caspar wandte den Kopf. Der Gerbet näherte sich, einen Schritt hinter ihm der Michel. Caspar senkte schnell den Kopf und drückte Karolin seine trockenen Lippen auf den Mund. Wieder füllte ihn kaltes Blei. Sie wandte den Kopf ab, sah den Michel, begann sich heftig zu wehren, er musste sie freigeben, sie warf sich herum und rannte die Straße hinab. Caspar wischte sich mit dem Handrücken über den Mund und trat breitbeinig auf die beiden Männer zu. Der Michel sah ihn mit starrem Blick an, doch der Gerbet legte ihm den Arm um die Schultern um ihn zurückzuführen.

«Viens, Gaspard. Komm, ich will dir was zeigen.»

«Gleich, ich muss noch etwas erledigen.» Vieldeutige Blicke gingen hin und her. Caspar machte sich los und rannte Karolin hinterher.

Bei den Schlämmbecken holte er sie ein und zwang sie stehen zu bleiben. Sie wandte sich ihm zu und sah ihn aus müden Augen an.

«Was willst du noch? Lass mich gehen.»

«Karolin.» Im Hals lag ihm ein Stein, an dem er die Worte vorbeipressen musste. «Wollen wir, ich meine, wir beide, du und ich, können wir nicht miteinander etwas, ich will dich fragen, ob du. Ach.» Caspar verstummte.

Das Mädchen sah in die dürre Spätsommerlandschaft. Ihre zusammengekniffenen Augen lagen tief unter den vorspringenden Brauenknochen versteckt. Ein Lufthauch bewegte die Locke vor ihrer Stirn. Ein Heimchen zirpte dünn.

«Da hinaus, wenn man gehen könnte. Weit weg.» Ihre Stimme klang träumerisch und, als sie sich ihm zuwandte, und eine Hand an seine Wange legte, sanft und von hoffnungsloser Traurigkeit. «Ach, Kaschperle, was weißt du schon.» Sie sah ihn an, wandte sich ab und ging, ohne sich umzusehen, davon.

Caspar setzte sich in den Straßengraben, legte das Gesicht in die Hände und schluchzte.

47

Als Caspar wieder in die Fabrique kam, lief und schrie dort wie so oft in letzter Zeit alles kreuz und quer. Großes Durcheinander. Caspar kam es vor, als hätte jemand eine Steinplatte angehoben, unter der allerlei Tierchen und Insekten, Ameisen und Asseln, aufgeschreckt durch das Licht, versuchten, die gewohnte Ordnung wieder herzustellen. Mitten darin der Gerbet, als geheimer Mittelpunkt, um den sich das Gewimmel zu ordnen schien. Caspar traf ihn in der Eingangshalle im Gespräch mit zwei Männern in staubigen Kleidern. Um die Männer herum waren Gepäckstücke aufgetürmt. Das mussten die beiden Former aus Fürstenfeld sein. Caspar führte die Männer durch die Fabrique und in den obersten Stock, wo sie ihre Schlafkammern bezogen. Auf seinem Weg zurück blieb er im Treppenhaus an einem Fenster und sah hinaus. Das war die Landschaft, in die Karolin vor einer Stunde geblickt hatte. Sie lag unverändert da, als sei nichts geschehen. Und vielleicht, dachte er, vielleicht war ja auch nichts geschehen. Sie waren immer noch Kinder, saßen in der Höhle und schmiedeten Fluchtpläne. Sie drängten sich neben einem kleinen Stinkfeuerchen aneinander, er vergrub die Nase in ihrem Pelzgewand. Caspar fühlte sich in seinen Erinnerungen geborgen wie in einer dicken Hülle, einem Kokon, durch den kein Laut, kein Geruch, kein Licht der

Außenwelt und ihrer aufdringlichen Gegenwart dringen konnte.

Türenknallen schreckte ihn hoch. Der Blaumaler Hirnschrott kam aus dem Farbenlabor und rannte die Treppe hinab. Caspar ging an der offenen Tür vorbei. Am Tisch, vor Tiegeln und Töpfen, saß der Michel, setzte die Flasche an und trank. Er schluckte gierig, doch nicht schnell genug. Rote Rinnsale liefen ihm links und rechts den Hals hinab. Jetzt deklamierte er laut und mit verwaschener Aussprache.

«*Rohte Farbe wieße Meister Vogel machet. Arrenstetter gelbe Erde und brentt sie in unßern offen, welche sie gantz roht und gutt wird.* Schreib und glotz nicht», herrschte er seinen Laboranten an und fuhr fort: «*Daß Roht zu versetzen, wennß gebrannt ist, wird es in ein Mörser gethan und gestoßen*», er rülpste, «*und komet ein gutt hantt voll Roht auff ein Stein und 3 Meßerspitzen Meisterguth und eineinhalb Teekoppchen Saltz darunter.*» Und schluckte wieder. Caspar huschte vorbei, hörte ihn in seinem Rücken weiterreden, «*den Cobalt als blaue Farbe zu versetzen, kommet under ein Pfundt Cobelt ein Pfundt Meisterguth und zwei Hände vol Salß*», und trampelte, damit er das nicht mehr hören musste, so laut er konnte die Treppen hinab. Er suchte Gerbet, um zu hören, was weiter zu tun sei, und fand ihn im Gewölbe unter der Fabrique, wo er mit dem Schlämmer und dem Erdetreter das Kaolin, die weiße Passauer Erde, begutachtete, die geliefert worden war und dort in Fässern lagerte. Gerbet wies die beiden und weitere Männer an, mit der Herstellung der verschiedenen Massen zu beginnen. Weitere Erde musste geschlagen werden, aus der die Dreher die Muffeln formten, dicke Kapseln, die die Porzellane im Ofen gegen Flugasche und übergroße Hitze schützen würden. Gerbet ging zufrieden pfeifend mit Caspar in den Hof, wo die lang erwarteten eisernen Schmelzpfannen und zwei kleine Öfen aus der Alfinger Hütte geliefert wurden. Caspar begann wieder damit, die Langhölzer zu vermessen, zu kürzen und die Reststücke in Scheiter und Späne zu spalten. Von Zeit zu Zeit sah er zu Gerbet hinüber, der mit großen Gesten den Transport der Öfen ins Innere der Fabrique befehligte. Trafen sich ihre Blicke, zwickte der alte Hugenotte schnell ein Auge zu, und in seinem verwitterten Gesicht breitete sich ein großes Lächeln aus.

48

Nach dem Mittag erschien ein Mann im Hof der Fabrique, der den Fux zu sprechen wünschte. Er trug zu kurze Samthosen und ein gelblich verfärbtes, an den Kanten eingerissenes Spitzenjabot um den Hals. Unter den Arm hatte er ein Bündel Akten geklemmt. Er eilte Gerbet hinterher die Treppen zum Bureau des Fux empor und wurde für den Rest des Tages nicht mehr gesehen. Caspar saß mit den Arbeitern zusammen und hörte sie reden. Seit Wochen hatten sie keinen Lohn mehr erhalten, und der Besuch des Fremden konnte nur bedeuten, dass die Zustände sich keinesfalls besserten. Andere waren gegenteiliger Meinung. Jetzt endlich würde einer nach dem Rechten sehen. Einer wollte wissen, dass der Unbekannte der Gerichtsverwalter sei, ein anderer bezweifelte das. Darüber jedoch, dass es so nicht weitergehen könne, waren sich alle einig. Die Produktion der gut eingeführten, leicht verkäuflichen Irdenware war seit Monaten vernachlässigt, die Lager waren so gut wie leer, und alle wussten, dass der Fux sehr bald große Mengen Exenheimer Porzellans verkaufen musste, um wieder liquide zu werden. Alles deutete darauf hin, dass der Fabrikdirektor vor dem Bankrott stand. Man wartete, was passieren würde. Caspar dachte an seinen Notgroschen in der Höhle, seine Hälfte des Geldes, das er mit Karolin vor so langer Zeit zusammengestohlen hatte. Heute noch wollte er es holen.

Da kam der Gerbet zurück und winkte ihn zu sich. Der Michel wurde gebraucht, doch war er nirgendwo zu sehen. Caspar sollte ihn suchen. Zum ersten Mal sah er in den Augen von Gerbet etwas wie Furcht, und als er ihm für seine Hilfe ein Geldstück in die Hand drückte, spürte er sie zittern. Caspar rannte ohne Umwege zur Höhle. Dort lag der Michel auf Fell und Decke und schnarchte. Karolin war nicht da. Caspar hockte sich neben den schlafenden Mann und rüttelte ihn am Arm. Er bewegte sich nicht. Caspar schüttelte ihn heftiger, woraufhin der Michel ein Murren hören ließ und weiterschlief. Caspar betrachtete sein Gesicht. Die gedunsene Haut war auf Wangen und Nase von einem violetten Aderngewirr überzogen. Aus seinem Mund roch es nach Bier, Zwiebeln und Fäulnis.

Caspar sah diesen Mann und sah zum ersten Mal, was dieser für ihn war: ein vollkommen Fremder. Auf einmal wusste er nicht mehr, warum er hier saß und was er mit diesem Säufer zu schaffen hatte. Die Fingerspitzen seiner rechten Hand ruhten noch auf dem Arm des Mannes, bereit, ihn zu wecken, damit er mit ihm redete. Die Ränder der Nägel waren schwarz. Caspar dachte kurz daran, wie er hier gelegen hatte, selbst betrunken, frierend und halb tot. Er war, der er war: der Kaschper. Und er war es längst nicht mehr. Taubheit breitete sich über die Hand, den Puls, den Arm bis zur Schulter hin aus. Sein Herz war kalt und schlug sehr langsam. Stumpf, das war er. Dann hörte er ein Rascheln in den Zweigen vor der Höhle und eine Stimme, die seinen Namen rief. Noch einmal rief es: «Kaschper.» Es war Karolin. Wie konnte sie wissen, dass er hier war? Was wollte sie von ihm und was hatte der Michel mit ihr zu schaffen? Jetzt war die Gelegenheit, es herauszufinden.

Schnell stieg er über den Michel hinweg, kroch tiefer in die Höhle und durch die Felsspalte in den hinteren, verborgenen Teil der Höhle. Dort hockte er sich hin. Er musste sich verhört haben. Oder es war eine Falle? Karolins Stimme. Jetzt ein Brummen vom Michel. War das ein Aufschrei? Ein Lachen? Ja, sie lachte. Stille. Dann eine Art Seufzen. Ein Laut, der hoch durch die Nase fährt, ohne dass die Lippen geöffnet werden müssten. Caspar dachte an sein Geld. Schweres Atmen. Wieder dieses Seufzen, jetzt eher ein Heulen. Geräusche von Körpern, die sich auf unebenem Grund bewegen. Michels Grunzlaute. Vorsichtig tastete Caspar die Felsnischen und Vorsprünge ab. Heftige Bewegungen im vorderen Höhlenraum. Von ihr so etwas wie ein Winseln, dann ein Schrei. Zappeln. Dumpfe Schläge. Stille. Mit einem dumpfen Laut fiel der Beutel zu Boden. Caspar nahm ihn an sich und hielt den Atem an. Stille. Dann Gemurmel vom Michel. Keuchen. Von ihr wieder ein Schrei. «Neinneinnicht.» Caspar krallte die Finger in sein widerspenstiges Haar und zog mit aller Kraft daran, um nicht mehr zu denken. Er konnte die Höhle nicht verlassen, ohne an den beiden vorbeizugehen. Er konnte nicht aufhören, dem zuzuhören, was er für die Liebe hielt. Er saß im Feuchten, fror und lauschte. Dann tastete er noch einmal in die Nische, steckte den Arm weit hinein, tastete mit den langen Fingern bis ans Ende der Ausbuchtung, fand den Griff und zog hervor, was er jetzt dringender brauchte als Geld. Das Messer.

Als er nach Stunden und ohne den Michel in die Fabrique zurückkam, war der Gerbet so verärgert, dass er nichts mehr mit ihm redete. Caspar stellte sich in den Hof und spaltete Holz. Mit dem ersten Schlag fuhr die Axt so tief in den Hackklotz, dass sie stecken blieb und er sie nicht mehr befreien konnte. Als er mit wachsender Wut an ihrem Griff riss und zerrte und an den Michel dachte, der Karolin Gewalt antat, wusste er, dass er, Caspar, kein bisschen besser war als dieser selbstgefällige, versoffene Frauenheld. Sie waren sich nicht nur ähnlich. Sie waren gleich. Caspar musste würgen. Die anderen hatten Recht, die Gerüchte waren wahr, es stimmte alles. Dieser Mann war sein Vater und er der missratene Sohn. Hastig rannte er hinter die Holzbeige, wo er sich in Schwällen erbrach. Als er sich aufrichtete und mit dem Ärmel über den Mund fuhr, fühlte er sich leicht und wusste, dass alles gut und richtig war.

49

Am nächsten Morgen rief ihn der Gerbet, der ganz unverändert schien, zu sich. «Regen. Wir brauchen Regen, Gaspard.» Gerbets Augen suchten den Himmel ab. Seit Wochen herrschte ungewöhnliche Trockenheit, und auch heute zeigte sich keine Wolke am Himmel. «Morgen Nacht muss ich zu brennen beginnen. Der Ofen, die Gebäude sollten sein nass. Verstehst du. Damit nur Holz brennt und nicht Fabrique. Alors. Hol die Notizen, wir wollen beginnen, den Ofen zu füllen.» Caspar lief die Treppen hinauf und in das Zimmer des Gerbet und kam mit einem Stoß Zettel zurück, die der alte Mann nun ordnete, während er in die Dreherstube und dort an den Gestellen entlangeilte, um die Ware einzuteilen. «*Den Opffen zu setzen als den Hinderbogen zu rechter Handt. Eine Raue Deller Lagen und eine klatte Deller Lage.* Hm. Wer soll das verstehen, hein?» Er blätterte, prüfte, drückte Caspar dann ein Stück Kreide in die Hand, mit dem er die Regalbretter mit Tellern, Tassen, Koppchen, Pfeifenköpfen, Figurinen, Stockgriffen, Tabaksdosen, Fingerhüten, Butterdosen, Teekannen, Milchkrügen und Zuckerschalen in der Reihenfolge nummerierte, wie die einzelnen Porzellanstücke im Ofen zu stehen hatten. Dann ordnete er die Dreher an, sie in schützende Kapseln zu verpacken, und rannte in den Brennraum, wo Taglöhner das Holz für den Brand stapelten.

Gemeinsam machten sie einen Rundgang durch die ganze Fabrique. Sie besuchten die Former, die Poussierer, das Farbenlabor, die Maler und schließlich den Fux, der mit zerrauftem Haar über seinen Büchern saß und Zahlenkolonnen schrieb. Gerbet berichtete, dass alles zum Besten stünde und dass man, nachdem ja der erste, der Glühbrand, sehr gut verlaufen sei, noch in dieser Nacht mit dem sehr viel heißeren Glattbrand beginnen würde. Fux sah auf und hatte ein Glimmen in den Augen, das Caspar noch nie gesehen hatte. «Arkanist, wann wirst du mit dem Brand beginnen?» Gerbet wiegte nachdenklich den Kopf und wiederholte seine Rede noch einmal, von der der Fux offensichtlich nichts aufgenommen hatte. Zufrieden brummelnd winkte der Fux sie zur Tür hinaus und versank augenblicklich wieder in seinen Rechnungen. Am Abend war es so weit. Der Ofen wurde beschickt, alles fand seinen Platz, und der Gerbet ließ die Öffnung vermauern.

50

In der Nacht kam starker Wind auf. Er blies in Böen, zerrte an Caspars Kittel und wehte ihm die Haare in die Augen, als er gegen halb zwei Uhr morgens in die Fabrique unterwegs war. Im Brennraum wartete er auf den Gerbet. Gut gelaunt zog der Arkanist den Hut ab, büschelte sein Perückenhaar und strich es mit festen Bewegungen glatt. Dann prüfte er das Holz noch einmal und stellte fest, dass alles in Ordnung war. Gemeinsam heizten sie den Ofen an. Sie legten das Feuer im unteren Kasten auf dem Boden mit grob gespaltenem Holz und feuerten bis zum Morgengrauen. Der Ofen zog. Caspar legte kurzes Holz nach und achtete darauf, es weit genug in das Brennloch hineinzustoßen, damit der Ofen gleichmäßig erhitzt wurde und das Feuer nicht zur Öffnung herausloderte. Er befolgte die Anweisungen Gerbets peinlich genau. Während insgesamt neun Stunden würde das Vorfeuer brennen und die Wärme langsam steigern.

Ab Mittag legten sie kurzes Holz nach und schürten kräftig ein. Gerbet arbeitete schweigend, denn ab jetzt kam es auf gute Feuerführung an. Immer wieder ging er nach draußen und prüfte an der Mündung des Kamins, ob das Flattierfeuer stark genug war, um eine spitze Flamme herauszutreiben, die der Fuchs genannt wurde. Sie verstärkten ihre Anstrengungen, die Flammen wurden größer, die Hitze stieg, und nach weiteren vier Stunden erschien der Fuchs. Jetzt schloss Gerbet die Tür des unteren Feuerlochs, und Caspar rief den Allgäuer und den Keip. Die beiden mussten sich an den oberen Zug- und Feuerlöchern postieren, sie öffnen und mit dem scharfen Feuer beginnen, indem sie dünn gespaltenes Holz hineinwarfen, bis die Flamme weiß wurde.

Den Fux hielt es nicht mehr in seinem Bureau. Unruhig streifte er durch das Gebäude und erschien alle paar Stunden im Brennraum, um sich nach dem Stand der Dinge zu erkundigen. Doch weder Caspar noch Gerbet konnte ihm Neues melden. Das Feuer würde weitere sechzehn Stunden toben. Voller Ungeduld trat der Fabrikdirektor einen Eimer gegen die Wand, verließ missmutig den Raum, rannte herum, kam wieder, eilte ruhelos auf und ab. Gerbet, Caspar und die Schibichs feuerten. Sengende Hitze zerbröselte die Haare der Männer, drang aus dem Steinboden durch die Schuhe, erzeugte Brandblasen an den Füßen. Silbrig verfärbten sich Putz und Mörtel und regneten in Brocken herab, Steine lockerten sich, sprangen in der Hitze entzwei, fielen in Stücken heraus. Das ganze Gebäude glühte. Der Gerbet rief Männer zusammen, die mit Wassereimern das Gebäude von außen besprengen sollten, doch der Fux meinte, das sei nicht nötig, in Kürze würde es zu regnen beginnen. Caspar hatte inzwischen eine halbe Nacht, einen ganzen Tag und noch einmal fast eine ganze Nacht im Brennraum verbracht. Irgendwann hatte er ein Stück Brot gegessen und einen Becher Wasser getrunken. Sein Gesicht glühte vor Hitze, und auch die rußgeschwärzten Hände waren von Brandblasen bedeckt. Er war todmüde, hätte gern gewusst, wie lange es noch dauern würde. Endlich, in der zweiten Nacht gegen vier, als sie nur noch zu dritt im Brennraum waren, zogen sie die ersten Proben. Der Schmelz hatte begonnen. Die Geschäftspartner rieben sich die Hände, Caspar rieb sich die Augen. Das Feuern wurde eingestellt, die Luftlöcher verstopft, Gerbet und Fux wollten den Michel suchen und in den Schwan gehen, um sich zu besaufen. Es gäbe nun nichts mehr zu tun, als zu warten. Sie brachten Caspar Wasser und etwas zu essen und ließen ihn allein. Er sollte den Brand beaufsichtigen und den Ofen, der noch einige Stunden bei gleich bleibender Hitze brennen und anschließend über Tage hinweg auskühlen würde, nicht verlassen. Caspar saß im Brennraum und döste. Bevor er wegnickte, hörte er noch, wie Gerbet den Fux aufforderte, voranzugehen, und ihm mehrmals versicherte, er werde in spätestens einer Stunde nachkommen. Caspar schlief, schreckte hoch, dämmerte wieder weg, wachte auf, streckte sich auf dem Boden aus und schlief weiter, bis der Morgen kam und mit ihm ein weiterer knochentrockener, staubiger Oktobertag.

51

Der Amtmann Bröm saß über den Kontobüchern der Exenheimer Manufaktur, die der Gerichtsverwalter ihm zum Studium überbracht hatte, als der Direktor Fux bei ihm angemeldet wurde. Bröm, der sich seit Stunden durch die Zahlenkolonnen arbeitete und vergeblich versuchte, die Zusammenhänge zwischen Einnahmen, Ausgaben, gelieferten Materialien, verkaufter Ware, abgeschriebener Ware, Sonderposten zu durchschauen und auf größere Fehlbeträge kam, je öfter er nachrechnete, seufzte erleichtert ob der Unterbrechung und klappte die Bücher zu. Nun würde er den Fux selbst zu diesen Unstimmigkeiten befragen können. Umso verwunderter hörte er, dass dieser nicht gekommen war, um die Insolvenz seines Betriebes zu rechtfertigen, sondern weil er sich Hilfe erhoffte bei der Suche nach seinem Arkanisten Gerbet, der seit der letzten Nacht spurlos verschwunden sei.

Der Amtmann fand die Suchmeldung verfrüht und verfertigte missgelaunt ein Protokoll. Er überlegte kurz, ob es sinnvoll wäre, den Mann steckbrieflich suchen zu lassen, doch beschloss er, dies sei keine angemessene Maßnahme, da der Gesuchte kein Verbrecher war. Sicher war er sich jedoch nicht, und er fürchtete, in dieser Frage den Hofrat Neumiller um Rat ersuchen zu müssen. Fux betrachtete den dürren Mann, der sich verschiedene Stellen seines Gesichts und Körpers mit einem Spitzentüchlein betupfte und ihn nun aufforderte, das Durcheinander in seinen Büchern zu erklären. Dabei wollte Fux den Amtmann doch dazu bewegen, Gerbet suchen zu lassen, musste jedoch einsehen, dass Bröm weder von der Buchhaltung der Fabrique noch von der Bedeutung des Brandes für das Gelingen der Porzellane auch nur das Geringste verstand, ja verstehen wollte, und fühlte sich auf einmal alt. Alt und matt saß er auf dem Kutschbock und fuhr zurück in die Fabrique. Mehrmals entglitten ihm die Zügel der Pferde. Er war müde. So müde, dass er, die Unterarme auf die Oberschenkel gelegt, nach vorne einsank und wegtauchte. Als er wieder zu sich kam, stand der Wagen still. Ihm war kalt. Ein starker Wind blies Blätter vor sich her. Von der Fabrique, von Exenheim war weit und breit nichts zu sehen.

52

Caspar wachte davon auf, dass er schwitzte. Er warf seine Jacke von sich, öffnete das Hemd, wischte sich mit der Hand den Schweiß von Stirn und Nacken. Obwohl er das Feuer bewachte und obwohl er kein Holz mehr nachlegte, nahm die Hitze wieder zu. Unruhig machte er einen Rundgang, besah sich alle Feueröffnungen und Zuglöcher und fand sie fest verschlossen. Also dachte er, dass er sich getäuscht habe, setzte sich wieder in den Brennraum und kaute einen Brotkanten. Bald würden die drei Fabrikanten zurückkommen und er wäre seines Amtes und seiner Verantwortung entbunden. Doch noch Stunden später ließ sich keiner blicken. Caspar wusste, dass die Arbeiter an diesem Samstag freihatten, und womöglich hielten es die drei Herren Fabrikanten ebenso. Er war also der Einzige, der hier ausharren musste. Er überlegte, wie er sich die Zeit vertreiben könnte, schnitzte zuerst ein Holzpferdchen, dann an einer Flöte für Karolin und wagte es nicht, seinen Platz zu verlassen.

Bis zum Mittag verharrte er an Ort und Stelle, dann wurde das Kribbeln zu groß und trieb ihn aus dem düsteren Brennraum in die Eingangshalle und von dort die Treppe hinauf und in den Malersaal. Selbst hier war es ungewöhnlich warm, und der staubige Geruch der Schmelzfarben hing in der Luft. Nach wenigen Schritten waren seine Schuhe von Glasurstaub weiß bemehlt. In einem Satz sprang er nach vorn. Das Pulver flog im sanften Nachmittagslicht. Auf dem Arbeitstisch lagen die Pinsel, wie sein Vater sie aus der Hand geworfen hatte, die Borsten rotbraun verklebt. In einem Gestell vor dem Eingang zum Bureau des Fux standen ausgewählte Stücke aus der Fayenceproduktion. Krüge mit aufgemalten Heiligenfiguren. Der Vater hatte sich ganz auf religiöse Themen verlegt und malte einen Franziskus, Ioseph, Sebastianus, Leonhardus, Bernhardus nach dem anderen, dazwischen einen Adam. Das Bild auf dem kleinsten der Krüge konnte Caspar nicht erkennen. Er rückte ihn ein wenig nach vorn, nahm ihn an sich, stellte ihn auf den Arbeitstisch, wo ihn die Sonne beschien. Mit verzücktem Blick neigte sich der hl. Antonius dem Jesuskind zu. Es war dick. Caspar hatte noch nie ein solch dickes Kind gesehen. Und es war vollständig nackt. Es streckte dem Heiligen, der eine Kutte trug, die Ärmchen entgegen, um ihn zu umarmen. Blattranken in einem Violett so dunkel wie getrocknetes Blut formten einen Rahmen um das Bild. Wolken zogen vor die Sonne, Schatten tanzten, das Licht wechselte, da breitete der Heilige seine Arme aus, und das Kind schmiegte sich an seinen Hals. Es blickte Caspar an und schloss dann die Augen. Lange verharrten die beiden so, und Caspar hielt den Atem an. Seine Lidränder brannten. Er musste blinzeln und putzte sich mit den Zeigefingern die Augenwinkel aus. Als er wieder aufsah, hatten die beiden ihre Umarmung gelöst und lächelten einander an wie zuvor. Nichts war geschehen. Nichts würde geschehen. Innigkeit ein Hirngespinst.

Caspar war müde. Er überlegte einen Augenblick, ob er ein Blatt holen und das Bild abzeichnen sollte, doch dann ekelte ihn davor. Er nahm das Krüglein in die Hand, hob den Arm über den Kopf und warf es mit Schwung in das Regal. Etwas klirrte, doch nicht sehr laut und nicht ausdauernd. Er musste es anders anfangen, ging das Regal entlang bis zur Wand und legte den Arm auf das Brett, auf dem die Fayencestücke standen, für die die Fabrique berühmt war. Er packte den Saum seines Hemdärmels mit vier Fingern, zog ihn straff, drückte den Arm auf das raue Holz und schritt das Regal entlang. Figuren und Krüge wackelten, taumelten, stolperten, fielen. Sie knallten aneinander, warfen sich gegenseitig um, schoben sich übereinander und rutschten aus dem Gestell. Sie stürzten und brachen. Er machte den Gang noch einmal, diesmal in entgegengesetzter Richtung. Feierlich schritt er das Gestell ab, schob nun das Geschirr auf dem Brett darunter hervor und in den Abgrund. Unter seinen Schuhen knirschten die Scherben. Er war kalt und fühlte sich sehr lebendig. Es war noch nicht genug. Er trampelte mit schweren Schritten auf und ab, sprang mit beiden Beinen auf die größeren Stücke, hörte die Scherben knacken, spürte ihr Nachgeben bis in die Knie. Als er seine Ferse hob, um ein unnachgiebiges buntbauchiges Stück zu zertreten, hörte er ein Klopfen. Er hob das Stück auf, trat zurück an die Wand, schlich zur Tür und huschte die Treppe hinab. Als er durch die Halle lief, hörte er das Klopfen wieder, dann Rufen und das Klimpern eines Schlüssels im Türschloss. Schnell schlüpfte er in den Brennraum, wo die Hitze inzwischen fast unerträglich geworden war. Caspar zog sich nun auch das Hemd aus und ging in die Hocke. Gedankenlos betrachtete er die Scherbe in seiner Hand. Das Bild darauf zeigte das dicke Jesuskind, das sich dem hl. Antonius in die Arme warf.

Kein Mensch ließ sich blicken. Caspar war bald überzeugt, dass er sich geirrt hatte. Unruhig ging er wieder in den Vorraum und sah aus dem Fenster. Es war fast dunkel. Der Himmel hatte sich bewölkt, und ein stürmischer Wind verbog die Wipfel der Bäume. Niemand zu sehen. Die Hitze stieg.

53

Eine Reise zur Sonne. Gleißendes, schmerzendes Strahlen. Caspar flog mit ausgebreiteten Armen in weißeste Helligkeit. Weiter und weiter. Sein Flug ging langsam, fast gemächlich, und sein Vorankommen war so unmerklich, dass er von Zeit zu Zeit meinte stillzustehen. Doch dann streiften brennende Winde seine Wangen, seine Arme, und er wusste wieder, dass er unterwegs war. Sein Ziel? Die Sonne, die Auflösung, das Glück? Seine Augen brannten und in seine Lunge stach der kochende Wind. Dennoch flog er weiter. Er konnte nicht zurück, musste weiter voran, auch wenn er verglühte und unterging. Die Sonne zog ihn zu sich, und er konnte nicht widerstehen. Weißeste Helligkeit. Weiter. Weiter.

Heftige Schläge im Gesicht. «Kaschper, steh auf!» Er wurde geschüttelt, gerüttelt, gezerrt, panische Stimmen, lautes Krachen. «Es brennt!» Caspar wurde hochgezogen und rannte durch die brennende Eingangshalle, durch eine Rauchwand zur Tür. Eine Hand zerrte ihn hinter sich her. Er gelangte in den Hof, in dem die Menschen durcheinander rannten, hielt sich hustend an der Umfassungsmauer fest, rutschte mit dem Rücken an ihr hinab und betrachtete die Fabrique, ohne zu erfassen, was vor sich ging. In Stößen fuhr der Wind über das Gebäude weg und schüttelte die Flammen, die meterhoch aus dem Dachstuhl schlugen. Arbeiter rannten mit Eimern und Gefäßen herum und versuchten, sich zur Eimerkette zu formieren. Einer mit rußigem Gesicht kam zu ihm und gab ihm seinen Eimer. Die Männer in der Kette arbeiteten schweigend. Sie brachten nur wenig Wasser in die Flammen, denn der Bach war durch die sommerlange Dürre bis auf einen knöcheltiefen Schlammsatz ausgetrocknet. Immer wieder mussten die Helfer zurücktreten, wenn der Wind ihnen die Flammen entgegenblies. Benommen reihte Caspar sich ein, da sah er die dunkle Silhouette eines Mannes vor der hellen Flammenwand, der Anweisungen gab. Er war gedrungen, nicht dick, trug Dreispitz, Rock und hohe Stiefel und ging nun, etwas nach vorn gebeugt, quer über den Hof und machte sich an den Schuppen zu schaffen, auf die das Feuer noch nicht übergegriffen hatte. Das war der Gerbet. Caspar wollte zu ihm, doch er musste an einem Mann vorbei, der einen Rumpelstilzchentanz aufführte, ihn am Ärmel festhielt, ihm den Arm um die Schulter warf, die Schnapsflasche schwenkte, in gierigen Schlucken trank und sang, gegen das Brausen des Feuers und das Geschrei der Leute an. «Kein Feuer, keine Kohle, kann brennehen soho heiß, als hahaheimliche Liehiebe, von der niehimand nichts weiß.» Zuerst hielt er den Besoffenen für den Michel. Dann erinnerte er sich. Sein Vater war nicht da. Und er würde nicht kommen. Nie mehr. Caspar riss sich los und wollte zum Bach, um seinen Eimer zu füllen. Da hörte er eine Frauenstimme schreien.

«Der Fux! Der Fux ist noch da drin!» Hektisches Gerede. Jeder hatte eine Meinung, doch keiner bewegte sich, um etwas zu unternehmen. Da sah Caspar den Mann, den er für Gerbet hielt, zurückgehen und im brennenden Hauptgebäude der Fabrique verschwinden. Dann, fast unmerklich und unheimlich langsam, fiel der Dachstuhl in sich zusammen. Das Brausen schwoll an, und manch einer meinte, einen Schrei zu hören. Lang gedehnt, tief, rau. Caspar schauderte. Die Leute lachten. «Ha, dem isch recht gschehe.» Und dann setzte der Regen ein. Dicke, feste Tropfen zuerst. Wie Schmucksteine fielen sie kostbar leuchtend vom Himmel, wurden viele, wurden zu Rinnsalen, zu Bächen, zu Strömen, und rauschten, als wäre ein zu lang gestauter Fluss unbändig und wild, alle Dämme niederreißend über die Ufer getreten und ergösse sich in einem verzweifelten Akt des Aufruhrs über das Land.

54

Im strömenden Regen begannen sie mit den Aufräumarbeiten. Die meisten der Helfer blieben bis in den späten Morgen, mehr als einmal sah Caspar, wie einer ein Werkzeug, ein Messer oder ein Dokument unter dem Hemd verschwinden ließ.

Noch während sie arbeiteten, kamen die Gerüchte auf. Die Stimmen der Männer waren voller Bedauern über das traurige Schicksal der Fabrique, färbten sich jedoch nach und nach mit Gehässigkeit und arteten schließlich in offene Lästereien über den Fux und seine unfähigen Geschäftspartner aus. Tatsache war, so wurde behauptet, dass zwei Männer schon während des Brandes verschwunden waren: der Gerbet und der Michel. War jedoch einer der beiden in der Fabrique verbrannt, so musste der andere der Brandstifter gewesen sein. Darüber war man sich einig. Nach einigem Hin und Her einigte man sich auf Gerbet als den Verbrecher. Schließlich sei er schon vor dem Brand verschwunden und hätte die beiden anderen hängen lassen. Bestimmt ist er zur Witwe vom Emailbrenner Pohl gelaufen, der er ja schon seit längerer Zeit, genau genommen seit seine vier Frauen ihn verlassen, die Rothaarige, erinnerst du dich, Mann, die war doch ein rassiges Weib, an der hätte man sich gerne mal ein bisschen die Finger verbrannt, nicht nur seine Liebesdienste, sondern auch sein Arkanistenwissen zur Verfügung gestellt, das weiß doch jeder! Dieser Lump.

Und der Fux, der sich während des Brandes nicht hat sehen lassen, aber der war doch in der Fabrique, meinst du, er ist verbrannt, das glaub ich nicht, dazu ist der viel zu ausgefuchst, Gelächter, nein, der Fux konnte es unmöglich gewesen sein. Den hatte man doch den ganzen Abend im Schwan sitzen sehen. Wie auch immer, jetzt sei es aus mit dem Herrn Porzellanfabrikanten. Und was ist aus dem Michel geworden? Ja, wo ist eigentlich der Mischmasch abgeblieben? Caspar sagte nichts.

Es hatte sich eingeregnet und war winterlich kalt geworden, als sie kurz vor Mittag, erschöpft und völlig aufgeweicht, beschlossen aufzuhören. Da fanden sie unter den noch glosenden Trümmern eine bis zur Unkenntlichkeit verkohlte Männerleiche. Keiner konnte feststellen, um wen es sich da handelte. Sie zerrten den Toten an seinen verschmurgelten Gliedmaßen heraus und betteten ihn an die Mauer. Einer deckte ihn mit Tannenreisig zu. Dann gingen sie nach Exenheim, um den Vorfall zu melden. Caspar anerbot sich, dazubleiben und Wache zu halten. Tropfnass und geduckt verließen die Männer den Hof, in dem es still wurde. Nur die Regentropfen prasselten, hüpften auf und blieben liegen. Caspar kauerte neben dem Toten nieder, legte sich die Jacke über Kopf und Schultern und wartete.

Als die Stimmen der Männer verstummt waren, suchte er ein Stück verkohltes Holz und griff in den Stiefel, wohin er das Messer gesteckt hatte, um damit zu schnitzen, aber es war weg. Missmutig warf er das Holzstück fort und saß untätig da. Endlich, nachdem er lange genug gewartet hatte, drückte er die steifen Knie durch, schüttelte die Beine und schlüpfte aus dem Hof. Die Straße lag menschenleer im platschenden Regen. Caspar musste noch einmal zurück in die Höhle. Das Geld lag noch dort. Außerdem war es möglich, dass er bereits dort das Messer verloren hatte. Oder hatte er es doch nicht eingesteckt, sondern blutig, wie es war, einfach weggeworfen? Aber nein, er hatte ja im Brennraum noch an der Flöte für Karolin geschnitzt. Er musste es verloren haben, als er aus dem brennenden Gebäude gerannt war.

Regenschleier verhüllten die Wiesen bis zum Waldrand. Der überfüllte Rattenbach hatte die Straße, die Caspar jetzt hinuntereilte, bereits knöcheltief überflutet. Bei jedem Schritt quatschte das Wasser in seinen Schuhen, und zwischen den Zehen rieben sich Sand und Dreck aneinander. An der Ferse spürte Caspar den heißen Fleck einer

Blase. Er ging langsamer weiter, trat vorsichtig auf. Kurz nach der Bachmündung kam er vor die Brücke über die Iaxt. Hier musste er auf die Landstraße nach Hall abbiegen. Er hob den Blick und sah von der gegenüberliegenden Seite einen Jungen auf sich zukommen. Er war barfuß, trug einen Schlapphut, ein weites Hemd und Hosen, die er mit einem Strick zusammenhielt. Am leichtfüßigen, fast tänzerischen Gang erkannte er Karolin und winkte ihr zu. Sie betrat die Brücke und sprang in einem Satz auf das steinerne Geländer, das zur Wasserseite hin schräg abfiel. Dann hob sie beide Hände, ließ sie flattern, ihm entgegen, wie zwei aufsteigende Vögel. Langsam, als sei ein warmer Frühsommertag und unter ihr läge der stille Moosweiher, trippelte sie über das reißende Wasser der Iaxt, das den Brückenbogen unter ihr mit dreckigen Fingern betastete. Eine Regenböe ergriff sie und brachte sie ins Wanken. Karolin balancierte einen Augenblick, fing sich, kam wieder ins Trudeln, verlor das Gleichgewicht und sprang vom Geländer zurück auf die Brücke. Caspar atmete auf. Doch dann riss sie sich den Hut vom Kopf, warf ihn weit fort, drehte sich mit erhobenen Armen um sich selbst, ließ die Finger noch einmal tanzen in der Regenluft und sprang wieder auf das Geländer. Dieses Mal hatte sie zu viel Schwung. Mit einem Schrei, der eher verwundert als entsetzt klang, stürzte sie ins Wasser und ging sofort unter.

Caspar rannte auf die Brücke und suchte in wilder Hast die Wasseroberfläche ab, meinte, hier etwas Weißes zu erkennen, das nur schäumendes Wasser war, hielt dort einen Zweig für ihr schwarzes Haar. Dann sah er vor dem zweiten der beiden Brückenbögen einen Baumstamm quer liegen, der sich schwerfällig um seine Längsachse drehte und den Weg unter der Brücke hindurch nicht fand. Sein Wurzelstrunk hatte sich in Karolins Haar verkrallt, drückte sie unter Wasser, zog sie wieder hoch, tunkte sie wieder. Sie ließ es willenlos mit sich geschehen. Nur einmal noch schlug sie zappelnd das Wasser, dann lief ein hektisches Zittern durch ihren Körper, dann trieb sie bewegungslos im Schlammwasser. Als weiße Blase blähte sich ihr Hemd obenauf. Caspar konnte das Gesicht des Mädchens nicht sehen. Er verließ die Brücke, riss sich die Stiefel von den Füßen und stieg ins Wasser, das ihn an die steingemauerte Wölbung der Brücke drückte. Er krallte sich an einem Vorsprung fest und bewegte sich langsam auf Karolin zu. Zuerst konnte er einen ihrer Arme packen, dann gelang es ihm, ihre Haare zu greifen. Mit einem Ruck zerrte er es aus dem Wurzelwerk, schlang einen Arm unter ihren Achseln hindurch und schleppte sie mit sich zurück zum Ufer. Immer wieder sanken sie beide unter Wasser, wurden vom strudelnden Sog weiter hinabgedrückt, doch Caspar gelang es, sich dagegen zu stemmen, Luft zu schnappen und strampelnd und rudernd weiterzuschwimmen. Der Weg war nicht weit, doch er kam ihm unendlich lang vor. Für jede Armlänge, die sie dem Ufer näher kamen, wurden sie um das Doppelte zurückgetrieben. Als er sich endlich an einem Weidengebüsch festkrallen und nach und nach bis zur Mitte aus dem Wasser ziehen konnte, wusste er, dass er es geschafft hatte. Er zerrte das Mädchen ans Ufer und sank neben ihr nieder. Karolin bewegte sich nicht. Caspar saß eine lange Zeit neben ihr und schöpfte neue Kraft. Dann zog er seine Stiefel wieder an, zog sich das Mädchen an den Armen auf den Rücken, richtete sich mühsam auf und machte sich schwankend auf den Weg in den Schwan.

55

Eine beschwerliche Reise. Kalt, regnerisch, unerquicklich. Klamme Kleider, stinkende Kutsche, taube Hinterbacken. Warum nur hatte er seinen schweren Tuchmantel nicht angelegt! Bröm hatte lange darüber nachgedacht und sich, die Witterungsverhältnisse unterschätzend, dagegen entschieden. Der Mantel war bereits viele Jahre alt und am Saum von Motten zerfressen. Frierend sah er aus dem trüben Fensterchen in die nasse Novemberlandschaft und verfluchte sein Amt, das ihn zwang, die Unbill dieser Reise auf sich zu nehmen. Doch er hatte keine Wahl, denn vor wenigen Wochen war der Porzellanmaler Kaspar Michael Schwartz wieder bei ihm erschienen, um das Geld zurückzufordern, das dem Melcherbauer für den Unterhalt des Jungen ausbezahlt worden war. Bröm war drauf und dran, diesen unverschämten Menschen abzuweisen, doch Schwartz, der sich an höherer Stelle Unterstützung geholt hatte, wartete mit einem Schreiben des Hofrats auf, wonach der Sauer, unter dessen Obhut der Junge ausgesetzt worden war, für dessen Unterhalt hätte aufkommen müssen, was nun erforderte, dass Bröm nach Anspach fuhr, um dort das Geld des Schwartz wieder einzutreiben. Was für eine Mühsal! Bröm hatte Aktennotizen, Korrespondenz, zu der auch die Kassiber des Jungen gehörten, und Kostenaufstellungen eingepackt und die Postkutsche nach Anspach bestiegen, entschlossen, diesen Fall ein für alle Mal vom Tisch zu bringen. Doch er wäre nicht der Amtmann Patriz Servilian Bröm, wüsste er nicht die bevorstehenden Unannehmlichkeiten mit der Erfüllung seiner eigenen Interessen aufs Erfreulichste zu verknüpfen.

Und so ließ er sich nach der Ankunft in Anspach ungeachtet seiner Erschöpfung zuerst in die Manufaktur bringen und verwandte mehrere Stunden seiner Zeit auf die Wahl eines neuen Tintenzeugs, groß und repräsentativ wie das vom Hofrat. Am Ende musste er mit leeren Händen gehen, hatte jedoch eins nach seinen Wünschen in Auftrag gegeben und würde es in Kürze geliefert bekommen. Der Herr Fabrikdirektor war selbst nicht zu sprechen gewesen. Bröm ließ sich den Weg zum Haus des Sauer beschreiben und ging zu Fuß durch die matschigen Straßen von Anspach. Fieberhaft überlegte er, wo in seinem Auftrag Platz war für seine eigenen Geldgeschäfte. Veruntreuung wollte er es nicht nennen. Eher gerechtfertigte Anerkennung seiner Verdienste. Als er bei Paula Sauer, geborene Beyerlein, Mutter des Caspar Schwartz, ankam, fühlte er sich von neuer Entschlossenheit frisch gestärkt. Sie ließ ihm nichts anbieten, ließ ihn sogar eine geschlagene Stunde stehen. Ihn, den Amtmann Seiner Churfürstlichen Gnaden zu Trier, des gefürsteten Probsten und Herrn zu Exenheim. Das bestätigte in seinen Augen nur die Berechtigung seiner Ansprüche auf einen Teil des Geldes. Kleine Spuren von Wasser und Dreck hatte er auf dem blank polierten Parkettboden ihres Salons hinterlassen bis zu dem Ort, an dem er nun stand und auf sie hinabsah, wie sie da saß, ihn jetzt mit einer eckigen Geste aufforderte, Platz zu nehmen, dann die Hände im Schoß verknotete.

«Wo ist der Junge jetzt?»

Bröm musste sich anstrengen, um ihr Geflüster zu verstehen. Er zögerte. Dann dachte er an sein Vorhaben und entschloss sich zur Lüge. «Wir wissen es nicht. Wir hatten gehofft, dass er bei Ihnen wäre, dass Sie etwas über seinen Verbleib wüssten.»

Die Frau hob den Blick, heftete ihren schwarzen Blick auf ihn. So offen. Bröm wurde klamm, die Worte verloren ihre Bedeutung, während sie über seine Lippen rollten. Paula schien nachzudenken. Bröm wurde unruhig. Er schlug das rechte Bein über das linke. Versuchte es dann andersrum und legte seine Hände übereinander auf sein Knie, gerade so, dass die glänzenden Nägel aller zehn Finger wie zufällig noch zu sehen waren.

Endlich sah sie auf. Vor dem Fenster sank die Dämmerung, warf sich in das üppig möblierte Zimmer über die beiden Gestalten. Bröm fühlte sich durch das Zwielicht auf unangenehme Weise mit dieser Frau verbunden und dachte darüber nach, dass er noch ein Zimmer für die Nacht brauchte.

«Nun.» Er musste sich räuspern. «Erklären Sie die Gründe für die Aussetzung des Kindes.»

Paula straffte den Rücken. «Der Sauer wollte es so. Er wollte mich heiraten, mir ein anständiges Leben bieten, er wollte auch Direktor der hiesigen Fabrique werden und als solcher keinen Bastard durchfüttern müssen. Aus der Zeit meiner ersten Ehe waren große Schulden geblieben, die der Sauer beglich, doch nur unter der Bedingung, dass der Junge fortkommt. Er wollte eigene Kinder haben mit mir. Ich wollte neu anfangen. Nie mehr ein Waschbrett anfassen.» Sie hob die Hand, steckte den langen, kräftigen Zeigefinger in ihre aufgesteckten Haare, kratzte die Kopfhaut. Vor dem Ohr rieselte eine Strähne herab, die sie nun in schnellen Drehbewegungen um den Finger wickelte, löste, wickelte, löste. «Ich wollte ihn holen. Später einmal. Wenn der Sauer sich besänftigt hat, weil wir eigene Kinder haben. Dann wird es möglich sein, dachte ich mir.» Sie verstummte. Ihre Schultern bebten. Der Amtmann war sich nicht sicher, ob sie weinte. Er schwitzte. Dann konnte er von der Seite einen Blick in ihr Gesicht werfen und sah, dass sie lachte.

«Sie haben», hörte er sich sagen, und dabei zitterte

seine Stimme, jedoch nur sehr schwach, «nichts unternommen. Wir mussten das Vermögen des Vaters angreifen, um den Jungen durchzubringen. Ein entfernter Verwandter des Vaters hat ihn dankenswerterweise aufgenommen und durchgefüttert. Doch von dort ist er entwichen, hat dann in der Exenheimer Fabrique gearbeitet und ist wieder verschwunden. Wir bitten Sie, uns zu benachrichtigen, sollte der Junge bei Ihnen erscheinen. Des Weiteren», er öffnete seine Mappe, entnahm ihr ein mit sorgfältigen Zahlenkolonnen beschriebenes Blatt Papier, legte es vor der Frau auf den Tisch und fuhr mit fester Stimme fort, «die Kosten, die Serenissimus durch die Aussetzung Ihres Sohnes entstanden sind und», er fügte ein zweites Blatt hinzu, seiner Sache ganz sicher jetzt, «die Summa, die wir dem Vermögen des Porzellanmalers Kaspar Michael Schwartz entnehmen mussten und welche dieser nun zurückfordert.»

Paula nahm beide Blätter, hielt sie ein wenig im Schoß, warf einen Blick darauf, ließ sie wieder sinken, vertiefte sich in die Zahlenreihen, sah den Amtmann fragend an, lachte wieder und zerriss die Papiere in einer langsamen, fast apathischen Geste. Mit einem Blick, der ihn aufs Äußerste herausforderte, ließ sie sie zu Boden gleiten, erhob sich, ohne ihn noch einmal anzusehen, durchquerte den Raum. «Amtmann. Ich danke für Ihren Besuch. Sie finden den Weg?» Und verschwand durch eine Tapetentür, die Bröm bis dahin nicht bemerkt hatte. Fassungslos sah er in die Dunkelheit vor dem Fenster. Er atmete laut. Im Zimmer haftete ein schwacher Geruch nach Herbstlaub und Pilzen.

56

Unter lautem Geschrei und heftigen Anschuldigungen nahm die Kreszenz ihre Tochter entgegen und legte die Bewusstlose, nass und schlammig, wie sie war, in ihrem Zimmer aufs Bett. Sie faltete ihr die Hände auf dem Bauch, indem sie die Finger sorgsam ineinanderdrückte. Als Caspar dem Mädchen die Haare von den Augen wischen wollte, zischte Kreszenz nach ihm und wedelte ihn mit den Händen aus dem Zimmer. Er verließ den Schwan und die Stadt. Die Höhle. Das Geld. Er lief ohne Halt durch den Regen. In der Höhle zündete er das Feuer an, saß lange still. Etwas in ihm hatte sich verrückt, öffnete Spalten und Ritzen, durch die Unbekanntes eindringen konnte.

Caspar wartete darauf, dass sich etwas veränderte, dass die Lücken sich schlossen. Doch nichts geschah. Seine Angst wurde größer, das war alles. Er sah sich um. Der Michel war fort. Die Geldbörse war fort. In der Ecke lag das blutige Messer, daneben das Hühnerfederkleid. Caspar ließ es durch die Finger gleiten, roch daran, sank hintenüber auf den Rücken und legte es auf sein Gesicht. Mit ausgebreiteten Armen atmete er die staubigen Federn, atmete den Hühnergeruch, den Karolingeruch, die saure Luft aus seinem Hals. Er setzte sich auf, zog die Jacke aus und versuchte, in das Kleid hineinzuschlüpfen, doch es war zu eng. Also zog er seine restlichen Kleider aus, und als er es nackt noch einmal versuchte, passte es. Es war kürzer als bei Karolin und umschloss seinen Oberkörper fest wie ein Panzer. Er atmete flach, ging vorsichtig auf und ab. Schmeichelnde Daunen auf seiner Haut wechselten sich ab mit kratzenden Kielen, die sich, als er sich wieder hinlegte, mit vielen Stichen in seine Haut gruben. Er ließ seine Rechte über die Federn auf seinem Bauch streichen, glättete sie, richtete sie nebeneinander aus, eine neben der anderen. Er ließ das Streicheln in eine Bewegung übergehen, die ihren Inhalt verlor, mechanisch wurde und nach vielen hundert Malen bewirkte, dass die verrückten Kanten in ihm sich übereinander schoben und wieder deckungsgleich wurden. Er spürte, dass sein Gesicht nass war. Er weinte. Ruhelos tasteten seine Finger nach Widerständen im Gewebe, fanden keine. Karolin hatte sorgfältig gearbeitet. Das Gefieder war glatt und dicht wie bei einem Vogel. Da, in den unteren Schichten fand er eine abgebrochene Feder. Die riss er aus. Eine Lücke entstand, an deren Rändern er andere Federfahnen ertastete, die er übereinander zu schieben versuchte, und als es ihm nicht gelang, die Lücke zu schließen, ebenfalls ausriss. Das Loch vergrößerte sich. Seine Finger gruben auf seinem Bauch herum, ertasteten den Bauchnabel, glitten abwärts, packten eine Feder und rissen sie aus. Dann noch eine. Und noch eine. Jetzt trafen die suchenden Fingerspitzen auf kleine Daunen, kaum spürbare Fläumchen, die er einzeln zuerst ausrupfte. Immer wieder griff seine ganze Hand in die Federwolke, riss Daunen und Federn heraus. Neben ihm häufte sich das Weiß. Er konnte nicht zurück. Kälte drang durch das sich vergrößernde Loch. Es wurde ja schon Winter. Und er wurde bald fünfzehn Jahre alt. Die kleinen Daunen warf er in die Luft, blies sie in die Höhe, ließ sie langsam wie Schneeflocken herabsinken. Sie bedeckten den Höhlenboden, das Lager aus Fellen und Decken, das Reisig, die Kerzen, das Holzpferdchen, die Scherbe mit Antonius und feistem Jesuskind und verzischten zu stinkendem Rauch in den Flammen der Feuerstelle. Nichts und niemand hatte Bestand. Erinnerungen nicht, Menschen nicht. Ein paar Dinge, lächerlicher Kinderkram, das blieb. Die Mutter, der Vater, Resi, Jockel, Gerbet. Alle waren gegangen. Auch Karolin. Wild und hell wie Silber. Jetzt lag sie da wie tot.

Caspars Finger rissen und zupften, rissen und zupften. Er war allein und wollte es bleiben. Er gehörte niemandem. Er konnte bleiben, er konnte gehen, er konnte leben oder nicht, er war, das wusste er nun, tatsächlich frei. Das Kleid war noch nicht ganz zerrissen, als Schritte sich näherten. Es war der keuchende Gang eines Mannes, der nicht mehr jung und körperlich angeschlagen war. Caspar wusste nur von einer erwachsenen Person, die das Höhlenversteck kannte. Der Mann, den sie Michel nannten, der Mann, der abstritt, sein Vater zu sein. Doch der konnte nicht kommen, der konnte nicht mehr kommen, der war tot. Erstochen und verkohlt. Das wusste nur er. Schon riss der Unbekannte das Geäst vom Eingang der Höhle und zwängte sich herein, begleitet von einem Schwall grauer Novemberluft. Caspar raffte hastig seine Kleider zusammen und versuchte, durch den Spalt in den hinteren Höhlenraum zu kommen, doch der Mann, der nur ein schwarzer Schemen war, hielt ihn am Arm zurück. Caspar erkannte ihn. Es war der Gerbet. Caspar schämte sich, dass der Gerbet ihn in diesem Aufzug sah. Er freute sich, dass der Alte noch am Leben und wieder da war. Er wunderte sich, woher der Gerbet das Versteck kannte. Hastig zog er seine Kleider an, denn wie er jetzt hörte, war der Fux im Schwan und plante den Wiederaufbau der Fabrique. Jeder, der gesund und kräftig sei und mithalf, würde später eine Stelle bekommen. Caspar fragte sich, warum der Gerbet so kurz angebunden war, warum er gar nicht lachte, warum er ihn wie einen Fremden behandelte. Zweifelnd betrachtete er den Rücken des Mannes, der am Höhleneingang stand und schwieg. Der Novemberregen war jetzt in Schneegriesel übergegangen. Dabei waren sie doch

Freunde. So eine Art wenigstens. Caspar trat das Feuer aus, packte seine Dinge in ein Bündel, raffte das Kleid unter den Arm und folgte Gerbet durch den Wald zurück in die Stadt.

57

Sie erreichten die Straße und betraten eine knappe Stunde später das Wirtshaus zum Schwan. Feuchte Luft, Schweißgeruch und Sauerkrautdunst schlugen ihnen entgegen. Der Raum war überfüllt von Menschen, ihre Stimmen gingen wild durcheinander. Caspar erkannte einige der Porzellanarbeiter, den Amtmann mit dem Gerichtsverwalter. Handwerker, Bauern, Leute aus der Stadt. Vom Fux keine Spur. Gerbet dirigierte den Jungen an einen freien Tisch, ging dann zur Kreszenz und bestellte Bier. In der hinteren Ecke, am Tisch neben den Porzellinern, saßen Uniformierte und spielten ein Kartenspiel, das Caspar nicht kannte. Sie tranken gewässerten Rotwein und machten den Anschein, als säßen sie schon seit Stunden da. Der Gerbet stellte zwei Krüge auf den Tisch, trank schweigend, sah auf seine Hände. Caspar wollte reden, ihm etwas sagen, ihn etwas fragen. Doch sein Kopf war leer, die Zunge pelzig, die Arme schlaff, die Finger taub. Wie ein Nebel stieg ihm der Rausch hinter die Augen. Er wartete.

«He, Gerbet. Ist das der Junge?» Die Soldaten hatten ihr Spiel unterbrochen und sahen herüber. Einer erhob sich, legte die Karten aus der Hand und trat zu ihnen an den Tisch. Caspar rückte ein wenig zur Seite. Der Mann lächelte ihn freundlich an. Dann bat er ihn, aufzustehen und sich an die Säule zu stellen. Sorgfältig nahm er Maß, hieß ihn anschließend den Mund öffnen, fühlte mit einem dicken, salzigen Zeigefinger nach Caspars Zähnen, setzte sich dann an dessen Platz, dem Gerbet gegenüber, und redete halblaut mit ihm. Beide sahen herüber. Caspar konnte nichts verstehen, doch er ahnte, was vor sich ging. Sein Freund verhökerte ihn, als wäre er ein alter Ackergaul am Kalten Markt. Der Offizier, ein langer Mensch mit dicker Nase, musterte ihn aufmerksam, kam noch einmal zu ihm, befühlte seinen Oberarm.

Der Gerbet starrte vor sich auf den Tisch. Schließlich legte er dem Offizier ein Dokument hin. Es war Caspars Taufurkunde. Fassungslos sah der Junge, wie der Uniformierte sie an sich nahm, die Geldbörse zückte, vor dem Gerbet drei Stöße schwerer Münzen aufbaute und ihm auf die Schulter klopfte. Die Männer schüttelten Hände. Gerbet zählte ein paar Kreuzer für die Zeche ab und ließ sie auf dem Tisch. Im Stehen trank er seinen Krug aus und trat, ohne den Jungen noch einmal anzusehen, an den Tisch der Porzelliner, wo er sich mit dem Rücken zum Raum niederließ. Er sprach mit ihnen wie immer, doch Caspar sah ihn bereits, wie er sein Bündel schnürte und die Stadt verließ. Crailsheim zuerst. Dann über Dinckelspühl nach Anspach. Falls man ihn dort nicht brauchen konnte, würde er weiterziehen. Würzburg, Hanau, Frankfurt. Es gibt noch viele Möglichkeiten für einen Arkanisten, sein Glück zu machen. Berlin, ja Berlin, Wien, Dresden gar? Caspar sah aus dem Fenster. Es schneite jetzt in wässrigen Flocken. Großes würde der Gerbet erreichen, und in Anspach würde er beginnen. Ohne ihn.

58

Caspar erhob sich, stieg die Treppe hinauf und betrat
Karolins Zimmer. Ihr Bett war mit dem Fußende zum
Fenster hin ausgerichtet. Nur mit einem Laken bedeckt,
lag sie stumm und apathisch darin, als schliefe sie mit offenen Augen. Caspar setzte sich auf den Stuhl am Fenster
und betrachtete ihre Brust, die sich langsam senkte und
hob.

Als es dunkel wurde, kam die Kreszenz und scheuch-
te ihn weg. Caspar kauerte sich ans Ende des Ganges in
eine Nische. Aus dem Zimmer vernahm er das Klappern
der Waschschüssel, das Plätschern von Wasser, die barsche
Stimme der Kreszenz, die befahl, mitzumachen, sich ein
wenig anzustrengen, sich nicht so dumm anzustellen, als
hätte das Mädchen sich dazu entschlossen, besinnungslos
zu sein, um ihre Mutter zu ärgern. Und womöglich hatte
diese Recht, denn Karolin antwortete nun, indem sie sich
laut empörte. Als Kreszenz das Zimmer verließ, fielen aus
ihrem streng frisierten Knoten Strähnen über Stirn und
Schläfen, und ihr Gesicht war hochrot angelaufen. Sie beachtete Caspar nicht und stieg schwerfällig die Treppe hinab. Er betrachtete ihren gebeugten Rücken, ihren hum-
pelnden Gang, und auf einmal dauerte sie ihn so heftig,
dass er fast aufgesprungen wäre, um ihr behilflich zu sein.
Doch wartete er, bis sie verschwunden war, schlich dann
zurück in Karolins Zimmer und sperrte die Tür von innen
ab. Er entledigte sich seiner Schuhe, setzte sich neben das
Mädchen auf den Bettrand und nahm ihre Hand. Er
meinte ein Lächeln über ihr Gesicht huschen zu sehen,
denn die kleinen Sichelfältchen neben ihren Mundwinkeln vertieften sich für einen Augenblick. Behutsam hob
er die Beine an und streckte sich neben Karolin aus. Sie

seufzte, warf den Kopf hin und her und heulte mit zusammengepressten Lippen. Ein wortloses Jaulen, das in hellen, gezogenen Tönen anschwoll und schlagartig abriss. Nach einem Augenblick der Stille begann es von neuem. Wieder und wieder. Karolin stockte jedoch, als die Bohlen des Fußbodens zwei-, dreimal laut krachten. Caspar dachte sich nichts dabei, hielt es für eine Folge des Kälteeinbruchs, doch das Mädchen begann nach jedem Knall wieder zu heulen, lauter als zuvor und mit tränenden Augen. Er legte ihr die Hand auf die Stirn, sie wurde ruhiger und lag dann mit weit geöffneten Augen still. Gemeinsam betrachteten sie den halben Mond, der durchs Fenster lachte, als sei nichts, als gäbe es nichts Schlimmes auf der Welt. Weit weg hörten sie die Prozelliner lärmen, lauter als sonst. Wie er sie hasste. Wie er alle hasste. Den Gerbet, die Mutter, den Vater, den Mond, den dummen Jungen, sich selbst. Er schmiegte sich an den reglosen Körper des Mädchens.

Wohin gehörte der Mensch. Zu wem gehörte der Mensch. Wem gehörte der Mensch. Der Mutter, dem Sauer, der Kreszenz, dem Amtmann, dem Melcher, dem Fux, dem Gerbet, dem Offizier aus dem Kurfürstlichen Regiment des Grafen von Preysing? Sie waren es, denen er gehört hatte, denen er jetzt gehörte. Dem Hofrat, dem Fürstprobst, dem himmlischen Vater gar? Gehörte er ihnen auch? Wem würde er nach dem Dienst in der Armee gehören? Und wem gehörte Karolin? Seinem Vater? Der Kreszenz? Ihm? Nun, da sie still dalag und zu nichts nütze war, gehörte sie niemandem mehr. Auch ihm nicht. Sie gehörte nur noch sich selbst. Er schlang die Arme um sie. Sie seufzte und mahlte mit dem Kiefer. Dann ließ sie ein glucksendes Lachen hören. Caspar fiel in einen unruhigen Schlaf. Von Zeit zu Zeit schreckten ihn die Schreie der Männer auf. Später tröpfelte Gesang in seinen Schlaf und hob ihn in einen Dämmerzustand zwischen Wachen und Traum. Gegen Morgen hatte er einen Entschluss gefasst und sank endlich in einen schwarzen Schlaf, aus dem er kurze Zeit später gewaltsam herausgerissen wurde. Einer der Soldaten polterte an die Tür nebenan, die Tür zu seinem Zimmer.

59

Caspar sprang hoch, schloss die Tür auf und trat in den Gang. Der Soldat, es war der dickere der beiden, befahl ihm, seine Sachen zu packen und nach unten zu kommen. Caspar rieb sich über den Kopf. Sie hatten ihm die Haare geschoren, und die Stoppeln unter seinen Handflächen gaben ihm ein eigenartiges Gefühl der Zuversicht. Er bündelte seine Dinge. Scherbe, Feuerzeug, Kerze, Seife. Den Kamm warf er aus dem Fenster. Dann bog er Karolins zur Faust gekrallte Finger auseinander und schloss sie um die Flöte, die er ihr geschnitzt hatte. Sie hielt sie und seine Finger fest. Sacht entwand er sich ihr, beugte sich für einen Augenblick über sie und legte seine Stirn an ihre. Sie sah ihn mit entgeisterten Augen an. Caspar band eine Schnur um sein Bündel, knüpfte eine Schlaufe, schlüpfte in seine Kleider und verließ leise den Raum. Karolin atmete rasselnd.

Die beiden Soldaten saßen in der Schankstube und aßen. Der Dicke säbelte an einer harten Wurst herum, während der Lange große Schlucke aus seiner Feldflasche nahm. Sie schoben ihm ein Stück Brot hin, betrachteten dann seine Stiefel und lachten ein wenig. Zu dritt verließen sie Exenheim noch bei Dunkelheit und marschierten ohne Halt bis Nördlingen. Der Dicke stapfte voraus und redete ohne Unterbrechung. Der Lange, bemüht, Schritt zu halten, gab keuchend Einwand oder Antwort. Caspar trottete hinterher. Er wollte nicht wissen, wovon die beiden redeten. Das Wetter hatte wieder umgeschlagen. Es war wärmer geworden, und es regnete. Der Wind jedoch roch nach Eis und blies ihm Sprühregen ins Gesicht. Wortfetzen trieben an sein Ohr. Frauennamen. Gelächter.

Nach einigen Stunden hing die Jacke aus grobem Wollstoff klamm und schwer an ihm. Er war wütend. Er fror. Karolin flog durch seinen Kopf. Ihre Hände flatterten vor seinen Augen. Er wollte nicht nachdenken. Er setzte Fuß vor Fuß auf einer matschigen Straße und hörte seine Schuhe im Dreck schmatzen. Die Männer gingen gleichmäßigen Schritts, Caspar stolperte hin und wieder, sie rasteten nicht. Bald schon hatten sie das Gebiet des Fürstentums Exenheim verlassen, die Grafschaft Baldern durchquert und das ausgedehnte Land derer von Oettingen durchwandert. Caspar kannte sich nicht mehr aus. Er war nie hier gewesen, und es war gleichgültig, in welche Richtung, durch wessen Land er ging. Er beschränkte sich darauf, Schritt zu halten. Die Nacht brach herein, und seine beiden Führer gingen immer noch. Sie schienen nie müde zu werden. Eine Schnapsflasche wanderte zwischen ihnen hin und her. Caspar hätte gern einen Schluck daraus genommen. Auf einmal blieben die Männer stehen und wandten sich querfeldein einem allein stehenden Bauernhaus zu.

Ein Lichtschimmer vergrößerte sich und entließ einen kläffenden Hund in ihre Richtung. Er rannte auf sie zu, beschnüffelte ihre kotigen Stiefel und verbellte sie. Der Dicke sprach mit ihm, griff in sein Fell, rüttelte ihn. Der Hund fiepste und trottete beruhigt neben ihnen her dem Bauernhaus zu. Sie klopften an die Tür, verhandelten kurz mit dem Bauern, einem kleinen mageren Mann, und folgten ihm in die Küche. Mit einer dünnen Suppe im Bauch legten sie sich in einen Strohhaufen in der Scheune und versuchten zu schlafen. Die Männer deckten sich mit ihren Mänteln zu, Caspar häufte Stroh auf sich und rollte sich zusammen. Halme stachen in seinen Hals. Er lauschte in die Dunkelheit. Kühe stampften im Stall nebenan, der Hund lief hin und her, bellte einmal, zweimal. Er hörte den Boden knällen, das Stroh knistern und die kleinen Lebewesen flüstern, die darin geschäftig hin und her eilten.

Die Kälte weckte ihn noch vor Tagesanbruch. Leise grub er sich aus dem Stroh, schlich vor die Scheune, schlug Wasser ab, sah den Dampf seiner Körperwärme aufsteigen. Caspar lauschte. Dann ging er ein paar Schritte zurück in die Richtung, aus der sie gestern gekommen waren. Mit zusammengekniffenen Augen suchte er den Horizont ab. Wo war die Straße? Er hatte sich jede Kreuzung gemerkt und traute sich zu, den Weg zurückzufinden, hätte er die Landstraße erst einmal erreicht. Zurück wohin? Konnte er je zurück? Was lag hinter ihm, was vor ihm? War da ein Unterschied? Er musste ja nicht zurück. Er gehörte niemandem mehr, nur sich selbst. Er würde einfach gehen, weiter und weiter, und da bleiben, wo es ihm gefiel. Er sah nach der Scheune. Nichts rührte sich. Entschlossen ging er los, und einmal unterwegs, beschleunigte er seinen Schritt, begann zu laufen, rannte schließlich. Vor ihm in der Ferne, da, wo die Straße sein musste, schimmerte etwas. Er rannte darauf zu. Da traf ihn ein Schlag am Hinterkopf, und er sackte nach vorn. Als er wieder zu sich kam, lag er auf dem Acker. Der Dicke saß neben ihm und säbelte an seiner Wurst herum. Er spießte ein Rädchen auf die Messerspitze und hielt sie Caspar vor das Gesicht, und als dieser die Lippen aufeinander presste, öffnete er selbst den Mund und nahm den Bissen mit den blanken Zähnen. Kauend sah er in die Ferne. Caspar setzte sich auf die Fersen und rieb sich den Nacken. Die Horizontlinie hatte sich grellrosa eingefärbt. Jetzt trat der Lange aus der Scheune und schloss seinen Gürtel. Keiner der Männer verlor ein Wort über Caspars Fluchtversuch. Nur ließen sie ihn vorangehen, als sie ihren Marsch fortsetzten. Wieder redete der Dicke, wieder trank der Lange seinen Schnaps.

Die gleichen matschigen Straßen, von kahlen Obstbäumen gesäumt. Caspar las in ihren verworrenen Zweigen, ohne die Nachricht zu verstehen. Hinter dem schwarzen Geäder schmerzte die Helligkeit des eisig grauen Himmels an der Rückseite der Augäpfel. Immer wieder die gleichen Bauersleute auf rumpelnden Fuhrwerken, davor die gleichen dürren Mähren gespannt. Er kannte alles. Seine langen Fingernägel, seine fühllosen Zehen in den harten Schuhen. Ach, sein Bündel lag noch in der Scheune eines kleinen hageren Bauern. Macht nichts. Kälte zog seine Kopfhaut zusammen. Die Augen verengten sich. Er zog die Backen nach innen, biss in seine weiche Wangenhaut, bis Blut kam. Er war bereit. Er konnte gehen. Tagelang.

Gegen Mittag saßen sie in einer Schenke, tranken kaltes Gesöff, aßen Erbsenbrei, grau wie der Tag vor den Fenstern.

Er legte den Löffel zur Seite. «Wohin gehen wir?»

«Wirst schon sehen, Kleiner.» Die beiden lachten. «So einer wie du hat dem Kurfürsten gerade noch gefehlt. Stolz kann er auf dich sein. Stiefelputzer. Das wär doch das Richtige für dich. Profossenjunge kannst einmal werden. Wenn es hoch kommt.»

Der Dicke schlug sich mit den Händen auf den Bauch, rieb sie an der Uniformjacke ab. «Packen wirs.» Sie kramten ein paar Kreuzer hervor und zahlten für Caspar mit. «Hier, Kleiner, kannst dir dein Essen verdienen. Umsonst gibts nur den Tod.» Der Dicke warf ihm sein Marschgepäck vor die Füße, schulterte das Gewehr und trat in den Regen hinaus. Der Lange, der Karte und Kompass lesen konnte, gab die Richtung vor. Die frisch gefüllte Schnapsflasche wanderte von einem zum andern, sie plauderten, beachteten den Jungen nicht, der hinter ihnen ging und nur ab und zu, ganz selten, ein wenig taumelte unter seiner Last. Der Brei hatte ihn gewärmt. Die Füße taten ihm halt noch weh. Sie verließen die Straße und gingen querfeldein in südöstlicher Richtung. Es dunkelte, als sie an einen breiten Fluss kamen und ihm folgten, bis sie in der Ferne die Türme einer Stadt erkennen konnten. Immer wieder begegneten ihnen jetzt Uniformierte in kleinen Gruppen, einzeln, zu zweit, viele angetrunken, manche auf Rössern, alle wie Caspars Werboffiziere in den Farben des Kurfürstlichen Regiments des Grafen von Preysing. Die Einheimischen wichen ihnen aus. Der Dicke und der Lange beschleunigten den Schritt und verschwanden hinter einer Wegbiegung.

60

Caspar, der sich schon seit einiger Zeit zurückfallen ließ, knickte seine Knie ein, setzte sich, wo er war, an den Straßenrain und warf die Rucksäcke ab. Kurz dachte er daran, sie zu öffnen und einzustecken, was er würde brauchen können, doch dann wollte er nicht so viel Zeit verlieren. Er sah die Straße hinab. Von seinen Begleitern war nichts mehr zu sehen. Er stand auf und ging leichten Schrittes davon. So einfach war das. Schneller und schnel ler gehend, verfiel er in Trab, lief in gleichmäßiger Geschwindigkeit. Er hatte keine Hast. Er wusste, auf die eine oder andere Weise würde er entkommen. Nun, da er sich entschlossen hatte, war es nur eine Frage der Gelegenheit.

Da kam ihm ein Trupp Soldaten entgegen. Sie nahmen die ganze Breite der Straße ein. Caspar sah nach rechts, nach links. Öde Landschaft, wohin er blickte. Keine Möglichkeit, sich zu verstecken. So beschleunigte er seinen Schritt, bog nach links ab, übersprang den Straßengraben und galoppierte über das offene Feld. Schneller und schneller rannte er, lachte und warf den Kopf in den Nacken. Ein Schwarm Dohlen zog über ihn hinweg, drehte ab, kam wieder zurück, direkt auf ihn zu, stürzte herab, mitten in sein Gesicht. Glänzend schwarzlackierte Schwingen hoben ihn empor, trugen ihn davon. Federn, Sturmwind, muffiger Vogelgeruch. Wind umbrauste ihn, rauschte in seinen Ohren, zerrte an seinen Wangen, trieb ihm das Wasser waagrecht aus den Augenwinkeln. Caspar hörte sich schreien, warf die Arme in die Luft, stellte fest, dass er barfuß war, dass er seine Stiefel verloren hatte, abgeworfen irgendwo auf dem Acker, über den er jetzt rannte und rannte, dem Fluss, der Donau zu, die ihr gelbliches Hochwasser, so sagten sie, bis nach Wien führt und weiter ins Meer. Die schwarzen Vögel peitschten Caspar vor sich her. Sie kreischten von der Weite der offenen See, vom unaufhörlichen Wellenschlag, vom unnennbaren Ende der Welt. Dorthin und keinem gehören und niemals zurück. Kälte stach in seine Lungen, sein Herz trommelte im Takt der Füße. Stimmen hinter ihm. Geschrei. Der Dicke stolperte ihm nach, Caspar sah ihn genau und auch den Langen, der am Straßenrand stehen blieb und die Feldflasche ansetzte. Caspar jauchzte, ließ die Hände flattern, schrie sein gellendes Lachen in den graugelben Himmel hinein, drehte sich um, stürzte nach vorn, preschte in fliegender Hast dem Wasser zu. Er hat sich entschieden und würde gewinnen. Da trieb sie weiß und braun. Er sah sie. Lächeln, strudeln, untergehen.

«Karolin!» Nur noch wenige Schritte, Caspar warf die Füße mit aller Kraft, er fühlte Leben aufsteigen in sich. Und Glück. Jetzt die Uferböschung hinab. Stolpern, straucheln, fallen. Und aufstehen. Ein allerletztes Mal noch aufstehen und wieder, als sei das nichts, Fuß vor Fuß setzend in weit ausgreifenden Schritten, die Arme schlafwandlerisch nach vorn gestreckt, ohne zu zögern, in einem Satz, im Flug mit den Krähen hinein in die lehmige Flut. Wasser wirbelt um ihn. Es ist nicht kalt. Es ist nicht einmal nass. Es zieht ihn in seine Arme, zieht ihn weiter, zieht ihn hinab. Fort, immer fort. Keine Kälte. Leben steigt aus ihm. Glück auch. Tanzt nach oben, färbt den Himmel rot. Er aber bleibt in der schwarzen Umarmung, der rauschhaften Zärtlichkeit, der tödlichen Liebe einer eigenen Welt.

«Himmelarschundzwirn.» Der Dicke rannte am Ufer auf und ab. Caspars magere Gestalt war kaum noch auszumachen. Schnell trieben die Fluten des Hochwasser führenden Flusses sie ab, spülten sie in ihre Mitte, drehten sie auf den Rücken. Noch einmal leuchtete das kantige Gesicht weiß auf, bevor sie den Jungen unter sich begruben. Mit einer unbeholfenen Bewegung begann der Dicke seine Montur abzulegen.

«Lass sein.» Der Lange trat neben ihn, reichte ihm die Flasche. «Der hats hinter sich.» Sie tranken schweigend. Kurze Zeit später brachen sie auf und erstatteten im Lager Meldung.

Hinweis

Caspar hat tatsächlich gelebt. Er wurde als Caspar Schmid 1787 in Ludwigsburg geboren, 1792 im Schwanenwirtshaus in Schrezheim ausgesetzt und starb 1846 als Taglöhner *auf den Schleifhäusln.*

Die *kursiv* gesetzten Textstellen stützen sich auf die wenigen Dokumente seines Lebens, die im Stadtarchiv Ellwangen, Teilort Schrezheim, zu finden sind. Die Zitate zur Herstellung der Porzellanfarben und zur Beschickung des Ofens entstammen dem *Glaßuer und Farben Buch von Joh. Andreas Vogel, Meister in Erfurt 1741,* Stadtarchiv Erfurt, V 365 a. *Preisverzeichnis* aus dem Archiv der Stadt Münden, zit. nach Schandelmaier, Helga, Niedersächsische Fayencen, Hannover 1993; und *Preiscourant* aus dem *Journal von und für Deutschland, 1785,* zit. nach Ducret, Siegfried, Die Landgräfliche Porzellanmanufaktur Kassel 1766–1788, Braunschweig 1960.

Ich bedanke mich bei meinen Eltern für die wertvolle Hilfe bei den Recherchen zu den historischen und regionalen Hintergründen und bei meinen Freundinnen und Freunden für aufmerksame Lektüre und kenntnisreiche Kritik der ersten Fassungen.

Dank auch an *textwerk* im Literaturhaus München, das die Arbeit an diesem Roman unterstützt hat.